2019

中国当代诗人诗选

康　泾 主编

浙江工商大学出版社
ZHEJIANG GONGSHANG UNIVERSITY PRESS
·杭州·

图书在版编目(CIP)数据

中国当代诗人诗选 / 康泾主编. — 杭州：浙江工商大学出版社，2020.1

ISBN 978-7-5178-3723-7

Ⅰ. ①中… Ⅱ. ①康… Ⅲ. ①诗集－中国－当代 Ⅳ. ①I227

中国版本图书馆CIP数据核字(2020)第013875号

中国当代诗人诗选

ZHONGGUO DANGDAI SHIREN SHIXUAN

康 泾 主编

特约编辑 李大军

责任编辑 刘淑娟 王黎明

责任校对 张春琴 夏湘娣

封面设计 林朦朦

责任印刷 包建辉

出版发行 浙江工商大学出版社

（杭州市教工路198号 邮政编码310012）

（E-mail：zjgsupress@163.com）

（网址：http://www.zjgsupress.com）

电话：0571-88904980，88831806（传真）

排　　版 杭州红羽文化创意有限公司

印　　刷 杭州宏雅印刷有限公司

开　　本 880mm×1230mm 1/32

印　　张 10.875

字　　数 224千

版 印 次 2020年1月第1版 2020年1月第1次印刷

书　　号 ISBN 978-7-5178-3723-7

定　　价 48.00元

浙江工商大学出版社营销部邮购电话 0571－88904970

让真诚和善良包围我们，才不会感到孤单
——代序

○

为诗选写序，基本上是诗评家的事。他们总是洋洋洒洒上万字，对其中的诗歌评头论足，间或蹦出一些专业术语来。我不是诗评家，自然可以不落这样的俗套，不必拿书中的诗说事。更何况，我觉得与其做那么多分析，归纳总结，倒不如直接读诗。选诗者，自有目光判断。本书所选的诗，不只代表诗人水准，也凸显我对这些诗歌的喜爱。

一

给名家诗选作序，生平第一次。

一个人一生中有无数第一次。比如，我2014年第一次主编诗集。那是桐乡17位当代诗人的作品集，书名为《寻找》。作者中，包括江离、邹汉明、沈木槿等多位桐乡籍在外诗人，以及当时活跃于桐乡诗坛、后来成为凤凰湖诗社骨干成员的诗人们。诗人伊甸应邀作序。

又如，2015年7月我第一次尝试创设以我的笔名“康泾”命名的诗歌平台——它成为我当时几乎“每日一诗”的发布平台。

还比如，一年以后，更名为“康泾诗家园”的诗歌平台第一次尝试约请国内诗界大咖，推出《名家》栏目（后来分设《名家有约》《名家来稿》，后又更名为《诗名家》）。第一位推出的仍然是伊甸。（题外话：伊甸是我大学学长，是1984年成立的“远方诗社”首任社长；海宁人，但从小在桐乡长大。）第一批推出的名家包括黄亚洲、梁晓明、海男、王自亮、庞培、汪剑钊等，是我从当时的微信好友中慎重挑选出来的。

一个人的第一次总是最难忘的，也是最值得纪念的。

一个人无数的“第一次”，最终构成了他（她）丰富精彩的一生。

二

本书初稿书名为《中国当代名家诗选》，“名家”的故事必须说说。

2016年，“康泾诗家园”开设《名家》栏目，现在回想起来，我是有两点私心的。

私心一：渴望接近名家。

作家余华，被认为是除莫言外，离诺贝尔文学奖最近的中国作家之一。有一次余华回家乡海盐，县文联主席林周良（我的大学同班同学）告知我消息，我立马赶过去，有幸与余华坐在一张桌子上吃饭、喝酒。他喜欢喝黄酒，一喝脸就红，说话却很亲切很豪爽，没有一点名家的架子。我心想，原来名家跟自己也差不多，于是和余华轻轻松松合了影，还在朋友圈晒了照片。结果一个晚上点赞人数超历史，心里那个热腾劲儿就甭提了。事后想想，以前常对追星族嗤之以鼻，轮到自己，还不是一样脱不了俗。

举办“丰子恺散文奖”，因为作协主席的身份，主办方每次都拖了我赴西安，与《美文》杂志社常务副主编穆涛会面，商议活动相关事宜，便也得幸两次见到著名作家贾平凹。第一次见面的地点是在他老家，正赶上他弟弟家办喜事。而我们又是在晚饭之后，驱车一个多小时后才摸黑进了村子。见面的时间加起来不到10分钟，后面还有一拨人等着呢，心想能够见着已是福气。第一次见面就跟贾平凹合了影，发到微信朋友圈里，又把那些爱好文学的青年羡慕得要死。你说，要是心里没有一种渴望接近名人的心理，怎么可能那么在乎别人的点赞和羡慕呢？后来又有一次，是在贾平凹家里，倒是贾平凹主动提出来跟我们合影。我们离开才发现，还有两拨人候着合影呢。

说起“名家”，有人说了两个奇怪的现象。第一个现象：离开家乡的人才能成为名家。我没有做过统计，但是桐乡籍名人如茅盾、丰子恺、木心等，大抵如此。虽然每个人离开家乡时的年龄、背景及原因各不相同，但他们出名时，确实一直在外。其中虽没有必然联系，但是一方面，离开生育、养育他们的小环境，来到更加广阔的天地，人的阅历自然不断丰富，接触面也越来越广，对一个人的成熟无疑大有裨益。另外，换了一个陌生环境，说话做事也就可以更加放开手脚，没有纠纠结结，没有磕磕绊绊，自然可以在忘我的环境中将自己的特长发挥到极致。从这一角度而言，远离家乡的人更能出成就，或许还是有其必然性的。当然话说回来，那些成为名家的，最后大多叶落归根、魂归故里。哪怕不是亲情使然，也是因为中国人骨子里的“圆满”情结：从起点出发，哪怕走得再远，最终总应该回到原点。普通人是这样，想必名家也不能免俗。

第二个现象：与名家在一起的人，有更多的机会成为名家。我听一位名家朋友说起一件事。他说有一次和某某诗歌大咖一起吃饭，大咖冷不丁问他，认识不认识一个叫“康泾”的诗人。朋友说，挺熟啊，咋啦？大咖说，好像他做了一个诗歌平台，经常推名家的诗，现在影响蛮大的。我的名家朋友向他做了详细介绍，那个大咖便记住了“康泾”这个人。不久，那位大咖的诗就出现在了“康泾诗家园”平台上。他在朋友圈转发之后，他的朋友又问起“康泾”这个人，他也不客气，给人介绍：康泾，我朋友，你要想在他平台发诗，跟我说。这不，“康泾”一下子在一定范围内成了“名家”。

那么问题来了，到底谁才是“名家”？其实这个问题一开始就困惑着我，也让我在选稿时总是有所纠结。有人问我：中国作协会员算不算名家？在全国重大诗歌赛事上获过重要奖项算不算名家？在国刊《诗刊》等一些核心文学期刊上发表过组诗算不算名家？如果“名家”的概念就这样简单、这样直接，我想早就不用纠结再三了。事实上谁是名家还真不好说。也有人说，既称之为名家，总要德高望重的吧，因此，“80后”“90后”的人肯定是不能入席的。我以为这个看法过于简单，过于绝对。其实，我心目中的“名家”，他（她）首先应该是“名人”，即在诗歌领域内有一定的知名度。哪怕他（她）的名字不为大家所熟知，至少他（她）的作品应该被人赞誉和传颂。其次，他（她）的作品应该有他

（她）自己的风格与特色，让大多数人读了喜欢、印象深刻。这大抵是我对名家、作品的看法，也是我所认为的名家应具备的基本条件。其实细心的读者不难发现，我对于名家的理解，更多地源于他（她）的作品。换言之，如果作品不能被人称颂，哪怕你再有名，也与“名家”这个称呼有着不小的距离。

私心二：将“康泾诗家园”打造成国内诗歌品牌。

我向来是不缺乏关注的人，或者说，向来是不缺乏观众的人。这与我生活在桐乡这个小县城有关。就像我当初读的大学——说大学都有点汗颜——湖州师专，现在更名为湖州师范学院，20世纪80年代的时候就是大学里的“第三世界”，它的规模甚至比我就读的桐乡一中大不了多少。可就是在这个“小王国”里，我有幸担任过校学生会主席、远方诗社第四任社长、太湖文学社副社长、《湖州师专报》副刊主编等职。这些岗位给了我极大的锻炼，以至于我一参加工作就能比同龄人更快地适应，挑更多重担。我曾经设想过，若是我有幸考入了复旦、清华，我会是怎样的惨状。我始终认为，祸与福、得与失都是相对的。小有小的缺陷，但小也有小的妙处。

至少在被称为“碗大桐乡城”的小县城里生活，只要你稍稍努力，你的成绩就一定会被许多人看到。所以说，现在之所以能够取得一些文学以及其他方面的成绩，我仍然觉得应该归功于生活在桐乡这个小县城里——她让我得到了许多别人得不到的东西。我如果有什么知名度的话，也是因为这个小小的县城一直以来把我温暖地包围了起来，并且将给予我的这些温暖，也带给了所有生活在这片土地上的人。

康泾诗家园

其实在我开设“康泾诗家园”平台之前，我还开设了一个叫作“康康家园”的博客（后改名“康泾的博客”）。虽然好多年没有打理，不过博客的访问量已经定格在139888上。只是做博客就像使用BB机一样，一阵风过去，就烟消云散了。这当然并不奇怪。有个词叫“华丽转身”。当你转换角色，以一种新的姿态出现时，你一定会赢得另一部分人的关注。只要你始终在台上精彩表演着，你就永远不用担心底下没有观众。

曾经有一段时间，至少我比较熟悉的一些诗友都觉得，“康泾诗家园”这个平台能够约到那么多名家诗作，委实十分了得。海盐作协主席吴松良就曾经邀请我过去，就“康泾诗家园”平台的运作与文友们做交流。那时，我还真觉得我做了一件多么厉害的大事呢，得到了那么多人的关注，这些人甚至以能够上“康泾诗家园”这个平台为傲呢。我那时候真的认为，一个好的平台不仅可以推送名家名作，更主要的是通过这个平台，可以与全国各地的诗人进行交流，相互切磋，互鉴提高，实在是一件不可多得的好事。如果能够把它做成一个全国知名品牌，难道不是个人的骄傲、桐乡的幸事吗？

2017年10月，我组织成立了凤凰湖诗社。陆岸成为其中一员。他是一位中学教师，之前爱好诗歌，却很少与人交流。加入诗社之后，他的阅读面日益扩大，加之他良好的悟性，诗歌创作日臻成熟，作品在国内许多刊物发表。与此同时，他也做了一个诗歌平台“一见之地”，还聘请几位热心的诗友做编辑。慢慢地，“一见之地”推送的名家也越来越多，每期的点击量已经远远超过“康泾诗家园”，在国内诗歌界的影响力已不容小觑。伊甸在一次采风间歇，就曾指着陆岸的背影问我：年轻人到底厉害，你服不服？我笑笑：服，必须服！

“康泾诗家园”以后能不能打造成国内诗歌品牌？我觉得，这个问题现在已经一点都不重要了。

三

需要感谢三位热心诗人。

感谢慧子。她是从上海移居澳大利亚的。在“康泾诗家园”平台开设《名家》栏目之前，我与她并不认识，相互也没有一点了解，更不要说交往。就是这样一位素不相识的人，在平台推送她诗作之后，竟非常热心、毫无保留地推荐了近30位国内名家给我。几乎每次都是先把这位名家的情况介绍给我，得到我认同之后，再主动跟对方联系。有时候对方有些顾虑，她还帮我说服，然后再把他们的微信名片发给我，让我与对方能够顺利对接。我不知道这样一位素不相识的人为何如此热心，以至于有一次我终于忍不住问她。她告诉我，她敬重一个为诗歌事业默默付出的人。她还说，她认可我完全出于两点考虑：第一，她认为我是有立场、有观点的人。她几乎每天关注“康泾诗家园”平台的推送，发现那些人品差的，我基本上不收录。第二，选的诗有品位。这一点我自认为不应归功于我。我始终认为，一位名家除非不愿意将他（她）的作品放在“康泾诗家园”平台上推送、不愿意编入本书，否则，拿并不能代表自己最高水准的作品来敷衍，我想，最终受影响的，还是他（她）自己的声誉。

感谢张烨。张烨是1948年出生的老作家，我的前辈。虽然大学时代起就久闻其名，但我一直无缘与她相识，也是通过慧子介绍以后才有了联系。我向她约稿，她非常客气、谦逊，或用“您”来称呼我，或尊称我为“老师”，让我这样一位名不见经传的后辈受宠若惊。尤其令我感动的是，她那期推送之后，当天就有几百元打赏，按照事先约定需要转付给她，可是她一再婉拒。她说，你一个人支撑一个平台挺辛苦的，应该对你表示敬意才对。

感谢孙思。她是《上海诗人》副主编。她也是这里我要感谢的三位诗人中唯一见过面的。第一次见她，是在北塔、柳文龙作品集的研讨会上，嘉兴晓弦师兄组织，孙思从上海赶来参加。她从一个编辑的角度谈了诗歌写作者需要摈弃的一些低级错误，让我印象深刻。后来又在嘉兴“月河·月老”杯全国爱情散文诗大赛活动上见到她。那是我第一次硬着头皮写散文诗，居然得了个鼓励奖。因为很匆忙，当时我们没有过多交谈。第三次也是在嘉兴，我送了她刚出版的诗集《50°》，她看了几首，连说“不错”，就直接跟我约稿。我以为她只是随口说说的，活动结束也就忘了这事。没想到过了几个月后，她又主动跟我提约稿的事，我便选了一组发过去。又过了两个月，她又主动发我链接，是新一期的《上海诗人》目录，其中收录了我的一组诗。以前常听前辈说，20世纪报刊的编辑如何如何主动、如何如何负责任，我想我也有幸遇上了。这以后，我发现她不论多忙，都会留意“康泾诗家园”推出的内容，还时不时点赞。其实我知道她很忙，所以更加从内心深处，感谢她对“康泾诗家园”的关注。

要感谢的人远不止这三位。比如诗人陈荣来、雪鹰等，也都帮我推荐过好些诗人。正因为这些素不相识、从未谋面的诗人热心相助，才使得“康泾诗家园”这个平台维持至今，《中国当代诗人诗选》才得以问世。还有一些诗人，如胭脂小马，一位生活在陕西省镇坪县的诗人，在“康泾诗家园”平台上推送她的诗作之后，一直与我保持联系。除了经常关注“康泾诗家园”这个平台，她还“冷不丁”微信上向我约稿，向国内的一些文学刊物推荐。这些诗人的善举，更让我相信，在这个世界上，我们不仅要把诗写好，把自己热爱的事业做好，更要与人为善，这样你才会得到别人的信任、理解和尊重。这个世界，或许就是被这样的真诚和善良包围着，我们才不会感到孤单。

最后要感谢桐乡市文联主席李新荣、副主席褚万根，他们对本书的出版倾注了大量心血。在现代诗远没有得到社会大多数群体接受和热捧的当下，他们能够给予精神上的鼓励和支持，实属珍贵！

康泾

2019年10月24日

于凤凰湖诗社成立两周年纪念日

目　录 MULU

阿毛，诗人、作家。主要作品有诗选《玻璃器皿》《看这里》，散文选《风在镜中》，中短篇小说选《女人像波浪》等。曾获2007年度诗歌奖、第七届华文青年诗人奖、中国2009年度最佳爱情诗奖、2012年中国年度先锋诗歌奖、屈原文艺奖等。部分作品被译介到国外。

这一代的风雪归人

冬天的常规装备是
以棉衣配皮靴

相反的那一类
冷得抖音

把南方低沉的民谣
高歌成西北的摇滚

黑白格的坤包
模仿彩色爆破音

人潮拥挤的地铁口
刷着微信、投着叮当的镍币

为了一年四季穿薄装
她去了南方

年关时，在漫天飞雪中
顶着棉被厚的羽绒服回乡

阿/门/的/诗

阿门，中国作家协会会员。已在《人民文学》《中国作家》《诗刊》等发表七百余首作品，曾获人民文学奖、首届原则诗歌奖等。已出版七部诗集，其中《半生史》入围第七届鲁迅文学奖。

白露记

不过是一种节气
你爱，或者不爱
它都会到来，雷打不动的样子

不过是一个姓白的女子
露珠一般，从诗经里
滴下来，渗入内心的样子

不过是一个敏感之人
行至中年，想起班花陈白露
临近中秋遇车祸，凋落的样子

不过是幸存的草叶和花朵
忙完人间事，抬头看大雁南飞
乡愁鸣叫，不知所措的样子

不过是热了那么久
也该凉了，体内体外
要加衣，添被，养生的样子

阿翔，生于20世纪70年代。1986年写诗至今。“木火车书吧”独立出版策划人。现居深圳。

拟诗记，小朗诵

灰烬不会重临。说起我的谎言，你隐身到急转弯的角落
介于斧头和没有生花的柴火之间
装出若无其事的样子。
我划完了一盒火柴，外面的人知道我睡不着
绕着我的屋跑，“停！”多么像泥沙俱下的舌头
一本旧书引发绝望和疾病
在雨中变得黯淡，遇水膨胀。
旧的信仰，让手中的诗稿回到它自身的朗诵
声带上静静地告别，就像月亮拖着水中的虚无游离
我说出的不会得到，酒精埋没于空瓶
树上有酒
随着微风，如果不能安静
你就搬走白银的木头，留下窟窿
贴耳的晚秋，洁白的大腿
给予我的悲伤和欢愉。有时候柜子里装满你的衣服
变得无足轻重，除了空气，不好形容什么
你促使我写出另一种诗。
我试图告诉你，我有足够的胡须
意味着我渐渐老去，念及以往，虫豸不沉寂

草木不皆春。

你有少许不安，因此从今夜起

透过灰尘与风

然后是有了张望，“请安静，当朗诵开始时，骨骼会易容术

我是不值得信任。”

安琪，中国作家协会会员。《诗刊》社“新世纪十佳青年女诗人”。出版诗集《极地之境》《美学诊所》《万物奔腾》及随笔集《女性主义者笔记》《人间书话》等。现供职于作家网。

福 建

年轻时我想脱去的故乡
我极力想脱去的故乡，如今还在我身上
并已咬住了我的骨血
我和它曾有的紧张关系
我和它的恩怨，都已被
时间葬送。我悲喜交加
写下：
没有更好的故乡生下我
没有更好的故乡哺育我
也许有
但我已命定属于你
我的第一声啼哭属于你
我的第一次欢笑属于你
我踩出的第一个脚印、写出的第一个汉字
属于你
我爱上的第一个人
我爱上的最后一个人，都属于你。

白／马／的／诗

白马，本名朱先马，浙江台州三门人，现居舟山群岛，供职于舟山市定海区文联。文学创作以诗歌为主，兼及散文、评论、传记文学等。出版诗集《白马长诗选》等十部，散文集三部，评论集一部，长篇传记《柳永传》《三毛传》。

柴可夫斯基与梅克夫人

他们约定：
不见面　只通信

一生中
仅有的匆匆一瞥

两百多封书信
凝结成绝世情谊

因为有了她
才有他的音乐

也因为有了她
才有了一段美好得
不像人间故事的爱情

不相见　更相恋

白月，“70后”诗人。中国作家协会会员。获第八届台湾薛林怀乡青年诗奖、巴蜀青年文学奖。曾出席全国第七届青创会。参加《诗刊》社第三十一届青春诗会。鲁迅文学院第三十一届中青年作家高研班学员。著有诗集三部。现居重庆。

无核之诗

空气抱大腿
依赖像妈妈——万物浓汁
瞳孔里

选你做子弹，装进鸟儿的脑袋
那个琢磨不透的地方会开放玩笑

熊掌握着这个玩笑：
枪口对着鱼翅：真的，试试
打死人类你就得救

抓不到真相妈妈，通过你向别人
别人又向别人，打听
哪个世界更敏感。请问
人前面有什么？如果人人倒下

肺腑一堆篝火，里面有生活过的灰烬
枪对准良心的时候，里面又什么都没有

百定安，河南洛阳人，现居广东东莞。中国作家协会会员、中国散文学会理事、中国诗歌学会会员。出版诗、散文随笔和翻译批评集六部。

煮饭时

煮饭时，看见窗外远山深沉安稳
就想，这是个大人物，能平衡一座城市。

若干乔木服从了季节。枯叶模仿鸟
在枝头焦灼，像被年底问责的样子。

一日太长，而一年太短
我们要树立怎样的世界观?

大寒日，我们热爱烟火，它远大于香火。
这近神之地
火烧旺了火
也把火最终毁灭。

但水煮不熟勺子。我们温饱的
谜语，全在煎熬之中。

柏桦，1956年1月生于重庆。现为西南交通大学人文学院中文系教授。出版诗集及学术著作多种，出版有诗集《秋变与春乐》《惟有旧日子带给我们幸福》《水绘仙侣：冒辟疆与董小宛——1642—1651》，随笔集《蜡灯红》。

年 轻

年轻的痛带着一种斑斓的成分
年轻的苦又总是高人一等
年轻，觉得别人看上去老自己不老
年轻，觉得别人都会死自己不死

电话震惊，他从一本肉感小书抬头
什么东西隔着眼皮一跳的距离闪过——
没有事情小到可以从他指缝间溜走
他甚至看出蚊眼做了白内障手术

惊风还是风惊？火扯还是发烧？
一千零一夜？还是永远零一天？
一年四季，年轻的生活常在……
我们该如何将年轻与年轻人分开？

步／钊／的／诗

步钊，四川珙县人，现居成都简阳市。作品见诸《诗歌报》《诗神》《星星》《作品》《青年作家》等报刊，主编过《潜世界诗刊》《蓝族》《中国新诗天地》等民刊、微刊，著有《热爱世界》及《上升》《缪斯的儿女》（合著）等。

高　楼

在万物之上，君临一切的手臂和胸怀
如此危言耸听　恨比天高
赴难的乡人，你们怎能长久地
居住在这里，任足下的流尘四处飞扬

突飞猛涨。凋零的乡村和冬天啊
平淡的日子多么难耐，多么深远
我要在这里停下来，握住眼前的时光
尽情折磨自己，尽情燃烧和歌唱

这空旷的大地，只有时间的骨架
横卧足底。只有造楼的匠人
和午夜的合欢　空穴来风
我心怀叵测，杨柳青青——

在万物之上，君临一切
幸福啊，爱情啊，你们今天已变得多么实在
多么衰败，浮浅！望穿秋水，日落西山
疼痛竟然比时间更漫长，比庄稼更茁壮——

老乡老乡　大路朝天　各走一边

你们要加倍热爱自己　坚定目光

蔡/启/发/的/诗

蔡启发，宁波象山人，现居台州椒江。迄今在国内外一百多家报刊发表大量作品。出版诗著（评论）九部。《诗的图像水的情愫》一文被编进《尹才干图像诗》大学教案例文，并被收录于中国当代文学史研究资料。获新诗百年百名实力诗人奖等三十多次。现任《中国诗界》执行副主编。

蒹葭沚涯已无苍茫

远去古街老屋老墙的残存
消失芦苇蒹葭沚水的蛙鸣
所谓伊人
也不再，在河之洲
要留下这些破旧的东西干什么
破旧不堪的历史有什么用
如此一条苍茫在喊声中倒下
瓦片、砖头落下
曾经的栋梁，椽檐，斗拱
一夜之间化为墟堆
成为承载着乡愁的灰尘
那么不情愿地消失了，远去了
向蒹葭沚涯挥挥手
也向这昔日的繁华致敬
致敬的问津
犹如，白云苍狗
依然留恋蒹葭沚涯的苍茫

蔡 / 天 / 新 / 的 / 诗

蔡天新，浙江大学数学教授，近作有诗集《日内瓦湖》，主编《现代诗110首》（蓝、红、黄卷）、《冥想之诗》和《漫游之诗》。2018年受邀参加央视“朗读者”节目和爱荷华大学国际写作计划，2019年获达卡Kathak（卡达克）诗歌奖。

克罗内托的立柱

立柱，耸立在爱奥尼亚海滨
它也许是十九根中的一根
也许是三十一根中的一根

它是黄金分割比的一分子
早于雅典卫城的巴特农神庙
后者仍模糊地耸立于人世间

我只能想象昔日神庙的英姿
毕达哥拉斯和他的弟子们
围绕在四周，闲谈或冥想

而在遥远的东方古国
那儿立柱只为皇帝竖立
比如阿房宫，比如圆明园

智者自我放逐于竹林间
或者如同庄子和惠子
鱼乐之辩，游于濠梁之上

从前这根立柱曾有一个同伴
不幸在1635年的地震中倒下
一截废墟被搬进了博物馆

这一横一竖似拆散的十字架
惊现于亚平宁的最南端
永久地存在于我的记忆中

曹宇翔，山东兖州人，居北京。曾军旅生涯多年，大校军衔，国务院特殊津贴专家，全国新闻出版行业领军人才。著有诗文集多部。诗集《纯粹阳光》获第二届鲁迅文学奖。

过峡谷玻璃桥记

一脚踏进虚空，踩着深渊，踩着
抖颤惊怵，一个闯过风雨无数的男人
天生恐高，面容扭曲，肌肉僵硬

攥紧友人的手如抓住，重洋孤筏
壮胆的声音让你，突然想起童年走过
黑夜高粱地，母亲村头喊你乳名

身影掉下乱石深谷，惴惴如小鼠
双目紧闭，一无所见，太阳模糊像你
眼里噙的一滴泪，内心万丈惊恐

深信命中注定，都是最好的安排
踉跄下山，瓢泼大汗淋漓，惊魂回体
谢天谢地，谢悲悯，你死而复生

哦，半生碌庸，拜赐人世百般滋味
人啊人啊，起伏跌宕，我应该向脆弱
向险途，向曾经的长路一一致敬

柴 / 薪 / 的 / 诗

柴薪，中国作家协会会员，衢州市作家协会副主席。已在《北京文学》《江南》《散文》《中国诗人》《上海诗人》《诗江南》《星星》《诗潮》《诗林》《青春》《延河》《星河》等刊发表小说、散文、诗歌八十余万字。主要作品有长篇小说《恍惚的风景》，散文集《行旅书》《江河笺》《草木笺》，诗集《美的生长》（合集）等。曾获首届三毛散文奖、第二届红棉文学奖、首届南方诗歌奖、第七届“李白杯”诗歌奖等。

我们都像一只羊

大地上
我们吃草
饮水
或散步
有时抬头
仰望或张望
看鹰或
看白云
看风从白云下吹过
看青山远黛或横斜
看身边的羊一只只消失
看大地尽头的
那一轮落日
以及落日下
牧羊人颠簸的
黑色的
身影和
人声鼎沸的
交易市场

车前子，1963年生于苏州，现居北京。诗人、散文工作者、画家。出版《发明》《新骑手与马：车前子诗选集1978—2016》《木瓜玩》《老车·闲画》《苏州慢》等诗集与散文随笔集三十余种。

玫　瑰

枝头迷宫。一座
走不进去的
玫瑰。
兜住风。
顺着它缠绕的线圈走，
走一会儿，
我就走到刺上。

车 / 延 / 高 / 的 / 诗

车延高，1956年12月生，武汉大学经济学博士。中国作家协会会员。有诗歌、杂文、散文、随笔、小说、报告文学等作品发表于各类报纸杂志。著有诗集《日子就是江山》《把黎明惊醒》《向往温暖》《车延高自选集》《灵感狭路相逢》《诗眼看武汉》《车延高诗选》和散文集《醉眼看李白》等。获《十月》年度优秀诗歌奖、《诗刊》年度优秀诗人奖和第五届鲁迅文学奖等。

村口

脐带剪断了，还让人牵肠挂肚的地方
一种慈祥，把天真和童心一口一口喂
　大的地方
背着一颗野心出去闯荡，终身寄存乡
　愁的地方
用一根乡愁就把心牢牢拴住的地方
陌生在眼神里熟悉，熟悉又在眼神里
　陌生的地方
沉重、困乏和劳累坐在汗珠里，
　看季节上妆卸妆的地方
眺望的眼神儿站久了，
　就长成一块石头的地方
一个不需要任何路标，
　都能走回去的地方
幸福和苦难各有归宿，
　又抱头痛哭的地方
一茬一茬的生死，都必须经过的地方
春节和清明时脚印缝补最密，
　幸福和痛苦缠绵不休的地方

走进去就是自己的江山，是可以当家做主的地方
无论多少次转乘，都被游子视为起点的地方
叶落归根。最后一念会疯狂亲吻的地方
不落半片雪花，时间就把头发染白的地方
守巢的痴心，等那群一步三回头的脚印回来的地方

陈／广／德／的／诗

陈广德，一级作家。中国作家协会会员。在《当代》《文艺报》《中国作家》《中国诗歌》《诗选刊》等海内外100多家报刊发表作品800多万字，获《人民文学》《诗刊》《人民日报》等十百九十余次诗歌大赛奖和江苏省“五个一工程”奖、亚洲微电影金海棠奖最佳编剧奖。已出版诗集、文集十二部。现居江苏新沂。

天，越来越热

发芽的红叶，越来越像
火焰了。一夜工夫，那句宋词
长出热辣的鸣叫，
秦腔在远处的山脉里
发烫。

雨，像卧底。汽车用迅疾
奔向道路的袅袅。
高楼的汗，借助空调的
排水管，在滴。一小股解不开的
风情，放出热浪。

流水的心，对反复出现的
骄阳，有了抵触情绪。
那片花瓣，于下落的中途，成了
灰烬。树荫，真的会在
大地的祈祷里，化出佛的
形象？

陈惠芳，1963 年 1 月生于湖南宁乡。1984 年 7 月毕业于湘潭大学中文系。曾任旋梯诗社社长。现任湖南日报科教卫新闻部主任。系中国作家协会会员，新乡土诗派“三驾马车”之一。1993 年参加《诗刊》社第十一届青春诗会，1996 年获第十二届湖南省青年文学奖。2018 年获第二十八届中国新闻奖一等奖。已出版诗集《重返家园》《两栖人》。

补天石

女娲庙供奉的那块石头，
我宁愿相信是真的。

至少，它补过天。
只是，补得不牢，
从天上掉了下来。

至少，它是一块陨石。
从天空上划过，
留下了短暂的印痕。

或许，它就是女娲的一部分，
替代女娲留在明明灭灭的人间，
以持久的冰凉，显示曾经的灼热。

陈慧雯，诗人、作家、中文课本教材编辑。任香港文学促进协会副秘书长、《香港文学报》副主编、香港文联副秘书长、香港作家联会理事、香港诗人联盟副主席、《香港诗人》报执行主编等。出版两本十四行诗专集，作品发表于《人民日报》《人民网》等。

岁暮之火

还是熄灭了，岁暮之火如此暗淡弱微，
戴着黑色斗篷的死神吸取了精气，
犹如黄昏被抽走了最后一丝余晖，
还未来得及惶恐，你看见灵魂由肉体剥离。
如水般的冰凉迅速扩散，遍及肉身，
掠夺并侵占了它，尽管你在暗处顽抗，
仿佛支离的栅栏，强震的陡坡，散碎的木盆，
回天无力，世间与你隔阻了一重无形的屏障。
以怎样的感官感受与世隔绝的苍凉？
何从何去，轻渺仿若尘埃悬浮？
何以显应再生轮回的迹象？
阴阳交接上演着如何荒诞的内幕？
纤弱的岁暮之火是残留记忆的一点余光，
招引你踏上先祖走过的路，他们正默然凝望。

陈亮，1975年生，山东胶州人。系中国作家协会全委会委员、山东省作家协会诗歌委员会副主任。曾获华文青年诗人奖、李叔同诗歌奖、“中国十大农民诗人”称号、中国（马鞍山）李白诗歌奖、泰山文艺奖等。曾入选《诗刊》社第三十届青春诗会、鲁迅文学院第三十一届高研班。著有诗集多部。

且停记

我的住处是间阁楼，顶子是松木的
壁纸的花纹波斯般诡异
床头柜浮雕着古代的人物
床是席梦思，吊扇硕大
它的旋转会让灵魂渐渐出窍

衣柜裂了很大的缝
让我经常怀疑有人在此藏匿
隔壁住着酒号的学徒
有多种口音，一律少年老成的面孔

边窗外是被遮蔽的，白天会有光
从天窗强烈地投下来
后半夜睡不沉，依稀中
我会透过天窗，努力去寻找
天上那些模糊的亮点

这时候，我似乎又回到了山东乡间
一个少年偷偷爬上屋顶

用一根粘知了的杆子

去粘那些矮的星星，那一刻

他感觉自己是离星星最近的人

陈荣来，无为市人，安徽省作家协会会员，中国诗歌学会会员。作品散见于《诗刊》《诗选刊》《诗歌月刊》《牡丹》《诗潮》《大观》《椰城》《汉诗界》《人民日报·海外版》《中国诗歌年选》等数百种报刊、选本。

抽出一粒烟火

他们和工棚一起趴进深夜
破碎的风声
呼啸而过。充满汗腺味的梦呓

在这伸手不见五指的城乡接合部
抽出一粒烟火，何其有幸

数九寒冬哦
到处是混凝土凝结的坚硬

陈／衍／强／的／诗

陈衍强，云南省彝良县角奎镇人，在《人民文学》《诗刊》《中国作家》《大家》《解放军文艺》《人民日报》等多家报刊发表过作品，有诗被译成英、日、韩等文字或收录于多种权威选本，出版诗集《英雄美人》《我的乡村》《乡村书》《花房姑娘》。中国作家协会会员，曾获云南省文学艺术创作一等奖、中国诗歌·突围年度诗人奖、云南《百家》文学奖、边疆文学大奖诗歌奖等多种奖项。

与萧红书

为什么我要幻想
在天上飞来飞去
生逢乱世　饥寒交迫
依然把浪漫当食物
就像风吹寒冬　旅馆
陷入去年的大雪
在冰冷的世界　你用孤独
留住我的孤独
我和你相互取暖　日久生情
火焰从东北一路向南蔓延
命中注定　我和你的纠缠
是文字与枪　是挣扎和绽放
因为像酒鬼饮酒一样饮你
我可以改名　与你同姓
然而爱情和婚姻
不是两人合写一部小说
生活破碎　现实残忍
那通往黄金时代的幸福
比远方更远　比嚎叫更绝望

大敌当前　书生也是英雄
亲爱的　就算你用仇恨
从我身上撕裂所有的恩爱
我也要为祖国擦枪走火
直到躺在呼兰河的涛声中
脸上覆盖你的萧萧落红

陈忠村，原名陈忠强，同济大学博士、中国美院博士后，暂居城市谋生，一级美术师、硕士研究生导师。系中国美术家协会会员、中国作家协会会员，多次在国内外举办画展，参加《诗刊》社第二十七届青春诗会，有多首诗歌作品入选《大学语文》教材，荣获安徽省政府文学奖、中国桂冠诗歌奖、法兰西共和国荣誉勋章等。

栖居在落叶的第二层

有月光和露水　栖居在这群树叶的第二层
我，看到了落叶的生命是褐色
她很坚强　像缺席的树干一样直
虽然生活是折断的树枝在空中摇摆

风还在寻找那片没有落地的树叶
影院的上座率搅乱了年前的气氛
停车场的空，是那些思念故乡的人离开
城里，整个春节只剩下七天的假期

我没有被压垮，躲在高楼的骨架中谋生
耳朵开始听不到声音，手脚开始麻木
清洗着马路，霓虹灯的眼睛在慢慢睁开
污水流过花园的暗道后回归大地

树叶离开枝后不一定是死亡
你的离开　那枚灯光依然亮着
我栖居在落叶的第二层　下面是文字
它离开了诗人依然带有暖暖的体温

程维，诗人、小说家、画家，居在南昌。著有长篇小说《浮灯》《海昏：王的自述》《皇帝不在的秋天》《双皇》，诗集《妖娆罪》《他风景》等，散文随笔集《画个人》《南昌人》《南昌慢》《水墨青云谱》等。获第八届庄重文文学奖，获评“中国新诗百年百位最有影响诗人”。中国作家协会会员、江西省作家协会副主席。

水墨记

水墨之中，要有黑色骨头
否则石瘫水软，也撑不住江山
我干着急，只算白捏一把汗
还把粮饷搭进去，即便上墙了
也扛不住铁线，一戳准破
满壁旧山水，都是烟云
龙虎出没的地方，树木生长翅膀
拔地飞起来，天空就是罗网
黑为墨，白为纸，玄关留白又为谁
我用水墨的硬，敲打玄关
巫山云雨湿了一片，桃花源的女子
把衣衫越洗越薄，她轻薄之名
也随流水传到了山外
我仅是个耕墨人，眼看一管桃源
越碾越黑，再淌下去
啥也说不清了，白山黑水
是铁雪构成，我的画笔等于零
我若忙活下去，就过于唐突了

池/凌/云/的/诗

池凌云，出生于温州瑞安，当过教师、记者、编辑，1985年开始写作。著有诗集《池凌云诗选》《潜行之光》《一个人的对话》等多部，部分诗作被翻译成德文、英文、韩文等。曾获《十月》诗歌奖、东荡子诗歌奖·诗人奖。

新浇的柏油路上……

清晨，当我去山中散步，
像进入一个凝固的空间：
新浇的柏油路上，小蛇与青蛙
被半压进路面，数十只蜻蜓
陷进黑得发亮的沥青中，
它们想要飞离的样子——彩色
而透明的翅膀
奋力张开，痛苦而惊惧。

它们是要在路上停歇，还是想
察看一片新的荒原？但是太黑了
即使有惊人的复眼。
当它们在夜晚飞行着降临，
没有一只人类之手
抛出一片救命的落叶。

每一条黑色的黏稠的道路上
是否都沾满了折断的彩色翅膀？
在那个难忘的夏天，我以为

见到了那么多堪称完美的羽翼，
而我全部的发现就是——在我决心
永不伤害它们的时刻，
一条崭新的道路，将那么多
泪光闪闪的生命送到我面前。

达达，本名詹黎平。浙江省作家协会会员，杭州市作家协会理事，淳安县作家协会副主席兼秘书长。著有诗集《生活史》《混世记》《箱子里点灯》等六部，近年诗作刊于《山花》《星星》《中国诗歌》《诗林》《绿风》《诗选刊》《诗探索》《星河》等文学刊物。曾获中国大别山“十佳诗人”奖、中国新诗百年“百名最具活力诗人”奖等。

麻编鞋

曾经作为生活必需品的浦阳麻编鞋
如今已成为点缀生活的花边新闻
镶嵌在某个季节的缝隙

有时它也漂洋过海
把一种生活态度托运到海外
当它静静地待在鞋厂的产品陈列架上
我们恰巧出现在一双精致的女士高跟拖鞋面前
揣测未来岁月
可能趿拉在某女士骨感光脚在地板上
　懒散走动的情景

对不起，我的确有些走神和迷乱
如此一双做工考究的麻编鞋给了我太多
　遐想的空间
缘于消逝的时光里曾显现过无数雷同的画面
我的无聊在于
说出了生活的平庸真相，我却无力干预或改变大解，1957年生，河北青龙县人，现居石家庄。主要作品有长诗《悲歌》，小说《长歌》，寓言集多部。作品曾获鲁迅文学奖等多种奖项。

画手表

在女儿的小手腕上，我曾经
画出一块手表。
我画一次，她就亲我一口。

那时女儿两岁，
总是夸我：画得真好。

我画的手表不计其数，
女儿总是戴新的，仿佛一个富豪。

后来，我画的表针，
咔咔地走动起来，假时间，
变成了真的，从我们身上，
悄悄地溜走。

一晃多年过去了，
想起那些时光，我忽然
泪流满面，又偷偷擦掉。

今天，我在自己的手腕上，
画了一块手表。女儿啊，
你看看老爸画得怎样？

我画的手表，有四个指针，
那多出的一个，并非指向虚无。

大卫，本名魏峰。1968年农历七月初七生于江苏睢宁，现居北京。做医生十年，诗刊编辑五年。《读者》首批签约作家。中国作家协会会员。中国诗歌学会会长助理兼副秘书长。曾参加《诗刊》社第十四届青春诗会（1997年）。曾入选读者以网络投票方式产生的“中国十大优秀诗人”。作品被翻译成英、法、日等文字。著有随笔集《二手苍茫》《爱情股市》《别解开第三颗纽扣》《魏晋风流》，诗集《荡漾》等。

鲜花和你在一起我就放心了

鲜花和光走在一起时才会互换比喻
在鲜花与光之间隔着500亩茉莉
鲜花和谁在一起都是有个性的
当然也有美丽的脾气
罂粟是她发得最大的一次
平时动用最多的则是蔷薇

鲜花偶尔会挽着光的小胳膊
蹦蹦跳跳地走在绿绿的叶子里
鲜花和飞鸟的关系有时就是一个人
想静静地蓝一会儿
百合是鲜花的代表，天鹅太纯洁了
她让整个世界有了心跳

鲜花和你在一起，就是
两个刚拆封的形容词相遇
鲜花和你的关系，就是樱桃不动
风在晃动它自己
鲜花和钢琴的关系，直接让手指变成乐器

歌词与火焰都已备好
鲜花和你在一起我就放心了
那最红最红的心啊
——仿佛玫瑰的第一次

代薇，当代女诗人、专栏作家，新闻记者。中国作家协会会员。著有诗集三部，另有散文随笔若干。曾获《十月》诗歌奖、漓江出版社首届年度诗歌特别推荐奖。

鸟看见我了

清晨
一只素不相识的鸟
来探视我
它站在窗前，看着我
令我的内心充满
隐秘的恩情
我终于可以肯定
这世间，除了它
再没有什么
能够让我受宠若惊

戴/滩/娜/的/诗

戴潍娜，诗人、青年学者。毕业于牛津大学。中国人民大学博士。杜克大学访问学者。出版诗集《我的降落伞坏了》《灵魂体操》《面盾》等，文论《未完成的悲剧——周作人与霭理士》，翻译有《天鹅绒监狱》等。自编自导戏剧《侵犯》。主编诗歌《光年》。荣获2014中国·星星诗歌奖年度大学生诗人奖；2014《现代青年》年度十佳诗人称号；2017太平洋国际诗歌奖年度诗人奖。现供职于中国社会科学院。

悖 论

我希望得到这样一位爱人——
他是温柔的强盗，守法的流氓，
　耐心的骗子

他的心房是一座开放的墓地
是一床月光，面庞是蘸着白糖的处方
他是我身上沉默的岛屿，是举起的白旗
是我爱过的所有诗句

绝对的爱等同于绝对的真理
以及，真理它狡黠的变形

道辉，1992年创立新死亡诗派，2007年加入中国作家协会。获第二届十月文学新锐人物奖、《诗选刊》第三届“中国最佳诗歌编辑奖”、2012年《诗歌月刊》“年度诗人奖”。策划主持“漳浦诗人节”等诗歌会议多次。主编大型诗丛《诗》（1—25卷）。创作诗电影《蝴蝶和怀孕的子弹》。2010年创办天读民居书院。已出版哲学随笔集《性情的个人与国家》《语词性质论》《语词源自情绪》等。

老收音机

我们来自哪里，生活美好高人一等，
　内海风
低掠

手捧着食物，流着沙，我们举证荒凉的
剑麻花开进哨卡，红蟹部队开进家园，
　喧嚣而又美好
而你，还是你在收听，多么熟识的语音
听，跟谦让的看相似，
　即是久违的也是珍贵的

来吧，客雀儿衔着橄榄枝帮着收拾盲天线
抖落微亮的光，呼声内有雨和岸
我们还是忙于收听跟迷幻同脸容的宁静
来吧，低掠

乌鸦拍枝孔雀开屏，颂歌四起
带上黄金圈的稻田和蜂箱树
你来吧，看见目前，听见所有的

哪来的珍珠果，落进白内障人的嘴，听颂歌吧

低掠的，拍拍肩膀就好起来，美好也好起来
不再是那依附大地面被敲打出低沉声的金属
而我们只仰仗这低掠，跟飘扬多么相似
我们，扶着河流的犁铧犁过旷朗的胸肌

灯灯，曾获《诗选刊》2006年度中国先锋诗歌奖、第四届叶红女性诗歌奖、第二届中国红高粱诗歌奖、第二十一届柔刚诗歌奖新人奖，参加《诗刊》社第二十八届青春诗会。出版个人诗集《我说嗯》。2017年获诗探索·人天华文青年诗人奖，并被遴选为2018—2019年度首都师范大学驻校诗人。诗集《余音》入选中国青年出版社/小众书坊“中国好诗·第五季”。

九　曲

一条路改变主意，并不表示说
它回心转意
我在任何地方都能看见
这样的小路，弯路
一路往回走
越走越瘦小，越走越没有话说，越走
越不知道走向哪
这一次是在内蒙古，在九曲
我从飞机往下看
每一个弯道，都深藏着一把刀
都无用武之地
都委屈，愤怒
落日下涨红了脸
都像同一个人，被同一条
河流追赶
同样说不出话：

仿佛，一个被自己追问的人
一边走，一边捂着自己的心肠

东方浩，本名蔡人灏，“60后”诗人，出生于浙江嵊州，现供职于绍兴市级机关。中国作家协会会员，绍兴市作家协会副主席、诗歌创委会主任。作品见于《人民文学》《诗刊》《星星》诗刊等百余家刊物，出版个人诗集八种。

正午的风

寺院的气息　被风提前送过来
诵经的声音正被音乐托举着
随后一步步跟过来

这个正午时光　整个山林
和蜿蜒的小路　只属于我一个人
五月的颜色　也被我一个人占有

疾风吹过　全部的树枝都在摇晃
没有一片叶子能够保持平静
那些低处的草　更加低下了微小的身子

而我在风中微笑　我的头发、目光和衣衫
也在微笑　这样一个散步时刻
那些生活的喧嚣和繁杂　已经不再重要

山林中隐藏的寺院　一直没有露出它的挑檐
只有流水般的诵唱　持久地传出来
它们的波浪上　会起伏什么样的小舟呢

三三两两的身影经过我的身边　他们并没有
为这样的音乐而耽搁　其实我也是个外行
但我还是慢下了我的脚步　在风中看到了一丝安静

东 / 篱 / 的 / 诗

东篱，现居唐山。写诗和拍鸟，皆为业余。著有诗集《从午后抵达》《秘密之城》《唐山记》。

越接近真相，越……

如果不是用长焦镜头
年过半百了
我还不知道
人间万姓仰头看的
月亮
看起来竟像一只
脏皮球
石灰白的表面
拖泥带水的
还隐约可见
西瓜的条纹
更令人想不到的是
居然还有瓜脐
哪有什么皎洁啊
更何来月华如练
这让我这个半生为文的
穷酸书生
如何寄托下半生的
万古愁

冬/箫/的/诗

冬箫，本名邱东晓，中国作家协会会员、中国诗歌学会理事。曾获第四届“徐志摩诗歌奖”“中国诗潮奖”等。先后在《中国作家》《诗刊》等发表诗作千余首，作品入选多类权威诗歌年度选本。出版“江南三部曲”等多部诗集。

雪中的石头

它挨冻，是因为内心的火没有燃起来
它像一尊修行的佛
一动不动

我看着，也一动不动
试图找到它该有的眉目、嘴唇和耳垂
或者内心包藏的偈语
我也想象过，为什么那么多人从它身旁走过
而没有一个去理会

它一定有一个不为人知的秘密
多少年的席地而坐
似在等一个人
近距离开始一场纯白的交流？

我当然不是那人，我这样近距离地
看着它
仅仅是一个刀客平静之后的又一副面孔

方 / 石 / 英 / 的 / 诗

方石英，1980年生，浙江台州人，现居杭州，中国作家协会会员。著有诗集《独自摇滚》《石头诗》《运河里的月亮》等。参加《诗刊》社第三十二届青春诗会、鲁迅文学院第三十四届高研班，曾获“华文青年诗人奖”“浙江省优秀文学作品奖”等奖项。

立夏练习曲

——兼致郑愁予

当落日在堵车的大道尽头
盖下焦虑的印章
广场上一群翅膀突然飞起
在头顶盘旋，甩出
一只离群的信鸽像一把柳叶刀
突然划破黄昏的忧郁

内心的邮路肯定通往故乡
那就向南，飞过黄河
一直向南，长江退后
我只关心私人的江南
世界地图上未能标记的一个小小村庄
有一条河流曾被我重新命名

堤坝依旧横在记忆里
水边摇曳的艾蒿提醒诗人
立夏到了，端午近在眼前
曾捡鹅卵石打水漂的少年
也曾在院子里数星星的我

却把初恋永远遗失在虚构的教堂

在梦里我未能等到达达的马蹄
终于没有什么错误可犯
哦，这日益虚无的美
这比草原还辽阔的乡愁四海大同

方 / 文 / 竹 / 的 / 诗

方文竹，安徽怀宁人，供职媒体。80年代起步于校园诗歌。出版诗集《九十年代实验室》、散文集《我需要痛》、长篇小说《黑影》、学术论集《自由游戏的时代》等各类著作二十一部。获安徽省政府文学奖、中国当代诗歌奖、2017年度十佳诗人、中国·散文诗大奖等。诗作入选《中国新诗三百首》《新诗百年诗抄》《中国新诗百年精选》等。

回故乡

春天的迷雾。
　阿秀群山挺起巨大的母腹
万物皆在此孕育，涌动，出生

迷路了。车子转了半天回到原处
兴起的几家工厂扰乱了昔日的路线

“就此定居如何?”同行老卞开起玩笑
一只花瓣落在他右脸荒凉的皱纹上

温柔的月亮升起，像一把刀子，切开腹壁
“不！我还是回去，准备再孕育一次”

芳竹，旅居新西兰的诗人、画家，中文电台及大型活动节目主持人。毕业于新西兰曼奴考理工学院。著有诗画集《时光的锦绣》，诗集《把相思打开》《玫瑰冷饮》《美丽是缘》（合集）。

寂静里的花朵

雨水一朵朵落下的时候
风慌乱地隐藏细小的身姿
这已是夏末秋初
情感里的微澜一点点散去
人间空荡荡寂静辽阔如海

曾经的池塘曾经牵挂的山水
旧事和场景还有迷失的荣誉
命运里所有踉跄的故事被寂静覆盖
这寂静胜过记忆和梦境

只有那窗下的黄玫瑰低垂头颅
保留着幻想的秘密和闪电
她试图挣脱时光　一次次幻想过往
一次次摆渡在流向春天的河流上

冯 / 晏 / 的 / 诗

冯晏，20世纪80年代开始诗歌写作并开始在国内外发表作品。出版诗集《冯晏抒情诗选》《原野的秘密》《看不见的真》《纷繁的秩序》《镜像》《碰到物体上的光》。另有诗丛诗集《边界线》《冯晏诗歌》《内部结构》《吉米教育史》《与从前有关》《小月亮》等。诗歌作品被翻译为英语、日语、俄语、瑞典语等多种语言文字。先后随父母居住包头、武汉，现居哈尔滨。

另一种恐惧

无窗，黑云，磁场和隧道。
我恐惧裂缝隐藏的金属，
沉默的深处。
恐惧山洞。翅膀俯冲和背地里加速度。
我恐惧季节尾声的苍凉和蹄印，
恐惧巨响，喷射，
流沙与夕阳中迷失的方向和脚趾。
我恐惧密集，满溢，
在都市博弈荒野的交锋处，
那一丛粉碎存在和自我的野菊花……
我恐惧高光和旋转，
万物空无。我在光中视而不见的石头，
以及麦浪、湖泊和经幡啊，
我恐惧电闪雷鸣，斜坡上的族群，
衰落和中断、人间蒸发，
或一刹那降临，
在灵魂突破生存囚禁之前的每一天，
我是谁。

傅天琳，出版诗集、散文集、儿童小说集二十余部。作品曾获全国中青年优秀诗歌奖，全国首届优秀诗集奖，《人民文学》《诗刊》《中国作家》《星星》优秀诗歌奖，第五届鲁迅文学奖，冰心儿童图书奖，全国女性诗歌杰出贡献奖。已由日本、韩国翻译出版诗集《生命与微笑》《五千年的爱》。

钢轨诞生

此时它全身光洁、透明
带着玫瑰色心跳
和1300℃体温新鲜出炉
它被反复冷却、搓揉、
　挤压、锤打、拉长
渐渐有了高铁轨道的形状，
　路的形状
笔直或弯曲的形状
速度的形状，命运的形状
此时我才知道
钢之硬，硬中之最硬
钢之柔，柔中之最柔
我只想把其中一截卷起来
放进随身行囊，
　这样我就能每时每刻
提着自己的命运前行

高/伟/的/诗

高伟，女，中国作家协会会员，专栏作家。青岛市作家协会副主席，青岛市诗歌委员会主任，山东省作家协会委员，《大沽河》散文诗协会副主席。出版诗集、随笔集、杂文集二十余部。“一百年散文诗大系”之《挚爱情愫》主编。

无　花

如今我活着　比任何一个死人都坚强
像一株无花果　敢于没有和不要
我的自在　不再是花开不败
而是不开花

万物来自无物　百花来自无花
没有无花　哪来百花
百花美丽我就去点赞
我依然无花　无花得知足

无花也不错　无须凋零和葬花
不用借景伤情
连爱情都不再非去需要
天长地久

我的果实就是无花
百花用来审美
无花用来审智

高专，当代诗人。生于云南个旧，鲁迅文学院第22届中青年作家高研班学员。著有诗集《高专的诗》《雨敛黄昏》，诗作收录于《散文诗选粹》《中国百年诗人新诗精选》《中国年度优秀散文诗》《汉语地域诗歌年鉴》《中国微信诗歌年鉴》《中国诗歌年选》《双年诗经——中国当代诗歌导读》《云南名人》等，现居昆明。

点与面

懊恼翻搅着脑壳
今日恶果已然耀眼
暗自饮泣还得若无其事
不惊醒了一旁的无中生有
金色理由已搁浅唇齿间

你不再漠视这浩大的世俗
有些事只能如此了，一生中
像个哑谜，不再去揭碰谜底

还不行，得拿上放大镜
把生活的点放大成面，或一个个面
才能支下安身立命的椅子
腿折了，铁拐也要化作和谐肉身
牙掉了，为了让笑在行进中不因碰
撞而损毁

复杂却单纯地往下活
不忘继续讨教生活

与时间对弈中依然笑声银铃

日月的围观持续但情绪冷热不定

宫白云，女。现居辽宁丹东。曾获《诗选刊》中国年度先锋诗歌奖、第四届中国当代诗歌奖批评奖、第三届《山东诗人》杰出诗人奖、第二届长河文学奖学术著作奖。著有诗集《黑白纪》《晚安，尘世》，评论集《宫白云诗歌评论选》《归仓三卷》。

天　赋

停电了。城市在黑暗中沉默，
“语言才是我的双眼”
我在其中找到佩索阿的那把镊子
“用镊子把我从自我中夹出来。”
漆黑的一团中
一朵栀子花静静地开了
黑夜披着她闪光的
斗篷

龚/学/敏/的/诗

龚学敏，1965年5月生于四川省阿坝藏族羌族自治州九寨沟县。1987年开始发表诗作。1995年春天，沿中央红军长征路线从江西瑞金到陕西延安进行实地考察并创作长诗《长征》。已出版诗集《九寨蓝》《紫禁城》《纸葵》等。《星星》诗刊主编，四川省作家协会副主席。

布谷鸟

布谷鸟用春寒中咳出的一坨坨拖拉机，
在感冒的田地中播种。

拖拉机红色的油漆，和阳光拌在一起，
像是清晨贴出的标语。

我守在节气装修过的门槛，
用天气预报校正一枚枚布谷鸟的
错别字。

榆钱树膨胀开来的纸币，
正在用春天买断一种飞翔的单词。
成熟的……
与先后无关，像是迁徙时在田地中
打下的季节的木桩，一动不动，
被人们掐死在一则故事花开两朵的
分叉处。

过于细小的银针，无法拨动田地的
呼吸，像是一滴水，
找不到干旱的弱点。
农人手上奔跑的榆钱树，
已经失聪。

飞翔的种子，
终是无法描进越来越重的天空。
叫声四处逃窜，蒲扇祖传的巢，
翻手便是秋天，和冻僵的余音。

龚／学／明／的／诗

龚学明，江苏昆山人。1964年5月生。高级记者，中国作家协会会员。现为江苏扬子晚报《诗风》诗歌周刊主编。现居南京。1984年在《诗歌报》发表诗歌处女作，并陆续在《诗刊》《中国作家》等发表诗作、散文诗、散文、小小说等千余首（篇）。出版诗集《河水及人》《冰痕》《白的鸟 紫的花》《爸爸谣》，散文集《艺术创造人生》，随笔集《上海有梦》。

超　越

在高空，我远离曾经的村镇
和一生不会攀上的山坡
熟人和陌生人相遇
即构成黏性的人事关系
我远离吵闹和鸟虫的
争鸣

空中的参照物空空
我失去了维系
空气和阳光，这无形的
世界浩大无边
我的无意识与之匹配
但意识仍主持着感官和情绪

这是一架人造的飞机
座位上布置着地面的秩序
我依旧忧心忡忡
为可能的坠落和死亡
所困

是的。只有消灭我的肉体
将我的灵魂化整为零
我的眼睛回归到
全部的
悟性里。而我并不自知

孤 / 城 / 的 / 诗

孤城，原名赵业胜，安徽无为人。中国作家协会会员。现居北京。任《诗刊》社中国诗歌网编辑部主任。出版诗集《孤城诗选》。作品散见《诗刊》《人民文学》《星星》《诗选刊》《诗歌月刊》《扬子江诗刊》等期刊。作品入选《中国诗歌精选》《中国年度优秀诗歌》《中国诗歌排行榜》《中国新诗年鉴》等选本并获奖。

多年以后

雷，继续在撅骨头
摸着黑，雨水冰凉，流得到处都是

你起身，骨缝簌簌，土粒细微
就着闪电
抱残碑，修改他们错刻的笔画。
　就着一朵凋谢的名字
干燥地
恸哭

浩瀚里。那些爱过的，恨过的
都得以安息

古冈，诗人，祖居上海。华东师范大学出版社文学编辑。著有《古冈短诗选》《尘世的重负——1987—2011诗选》等诗集，在《书城》等报刊发表随笔文论等。曾获诗东西-DJS诗集奖（2012）、首届上海国际诗歌节诗歌创作大赛奖（2016）、北京文艺网国际华文诗歌奖（2016）。

空身子

我的日常、日出
敲考勤卡。
算术的控制癖。
不像头儿
跷起二郎腿，
一条撂在另一
废弃的路要走。

每日是我，但却
又不是，衰竭的
老化中税额
所缴纳的
累进制的身子骨，
堵喉咙，气垫的
山河弯不出。

小孩子们历历
长，缩
头顶虚淡的天。

同仁打量
房价涨。
穿堂风破土，
肺如纸片垒起的。

谷未黄，原名胡盛瑞，1959年生于湖北，武汉市作家协会副主席。作品散见于《诗刊》《人民文学》《中国作家》《青年文学》《青年作家》《诗歌报月刊》《星星》《草堂》《诗选刊》等报刊。已在美国、新加坡、菲律宾、委内瑞拉，大陆以及港澳台地区发表作品两千余篇。已出版诗集六部、散文集二部。

待在天上的感觉

任何一个在大陆度过青春期的人，
　在其他空间
都不会感到自在，尤其是待在天上的感觉
粮食只不过是粮食，并不等同于精神
也不约等于。
我变成一个随时准备陪葬的人
与不宽容他人的信仰相比，
　宽容他人的善行
就是宽容自己生命的救赎
原始的天空是虚构的，你知道它是虚构
无比忧郁
一切都想向真实抵达
或者一切都倾向于变成真实
看起来所有的鸟都在飞，它们不携带粮食
但它们就是粮仓

郭 / 辉 / 的 / 诗

郭辉，湖南益阳人。中国作家协会会员，国家一级作家。有诗歌作品散见于《诗刊》《星星》《人民文学》《十月》《中国诗歌》《北京文学》《作品》《诗潮》等刊物。著有《永远的乡土》《文艺湘军百家文库·诗歌方阵·郭辉卷》《错过一生的好时光》《九味泥土》等诗集。

大　雪

必定多情！铺开来这一纸素笺
必定是大手笔！穷尽一生，都在登高望远
必定写下初恋，有一个
童话般的女子走得慢，赶不上行云流水
必定西北望，发配一匹白鹿
含数枝梅，暗香浮动，去往天涯
必定沙场点兵，那些脚印
是大篆，是小楷，是行草，是迷魂阵
必定吐露心得，草木有余生
飞禽有秘境，冷暖自知
必定先小写意后大写意，给山河一梦
留下多么辽阔的空白与悬念
必定自己给自己做信使，一骑绝尘
一片冰心，寄予二月春风

海/湄/的/诗

海湄，女。入选诗网络2016年度中国诗歌人物，获2016年《扬子江》诗刊全国女子诗歌大赛主奖。诗歌刊于多种报纸杂志。著有诗集《红痣》。

暗　香

春天从南方开始
到长江流域唤醒一群候鸟
它们向北，
　到达秦岭山脉的时候
灰头麦鸡已怀有身孕，
　秋沙鸭在水边不停地
示爱

灞河边
小鸟等待庇护
小芦苇奋力钻出泥潭
小野鸭把叫声留在波纹里
我在观景台一侧，
　爱着这个温暖的日子

韩高琦，祖籍宁波，现客居上海。《原则》主编。

抽 屉

抽屉，一个符号，坤卦里的抽象。
属相是蛇，
不动声色的刺激，昨日斑斓一现。
宛如遗忘的尽头，青草在挥手。
翻山越岭的又一个晴日，云投下名片，
你，歇息时的回眸：
目标，介于虚与实之间。

因为心事，梅花又开了一次。

到众里去百度，一截红心香樟，
有美人的低首，和接纳——
彻骨的香气国度被匠心细析与重构，
玲珑呈现，不留多余，却一眼看不到底。
从生活到生活，
粗朴转为侘寂：形同而神异。
造型、尺寸，不离方圆，
曾几何时，十九岁的梳妆台应声而出。

而其中的抽屉：乳房一样开阖，
专属的秘密，把日记喂养，
锁钥在你手里。
回到生命之初的定性：
内向，阴虚，羞于见人。
深处，月亮的另半张脸，
暗藏着一方山水，元气淋漓的山水，
或者，你要传承的姓氏，春困与休眠。

何／冰／凌／的／诗

何冰凌，安徽桐城人，中国作家协会会员，中国文艺评论家协会会员，鲁迅文学院英语班学员，第四届中国文联中青年文艺评论家高研班学员，安徽省第二届签约作家，安徽省作家协会诗歌专委会委员，安徽省散文随笔学会副会长，现供职于安徽省文联。1990年发表作品，早年参与创办白鲸诗社，出版文学评论集《时光沙漏》、诗集《春风来信》等。

深爱的事物无法久存

此时何不来一场争执？
这一天是立春，阳气初动
已不见积雪的斑斑锈迹。

“它是我眼皮下滚动的雨水和闪电”，
年老而矜持的阿多尼斯说。

旧年的银杏有待腐烂之身
“唯肉体烂掉之后，才可以得到

白果的药性。”像濯净泥土的云母
呈现出情深决绝的六边形。

人生修大道，大道可通天。
然蝼蚁活着的时候
并不自觉卑微。

“假使整个巢湖都是破绽，
水使它圆满。”

胡茗茗，诗人、编剧，中国作家协会会员。曾参加《诗刊》社第二十三届青春诗会、鲁迅文学院第二十二届高研班。获2010年度“中国作家出版集团”奖、第三届“中国女性文学”奖、河北省第十一届“文艺振兴奖”、中国台湾第四届“叶红诗歌”奖首奖、《诗选刊》年度“杰出诗人”奖等。作品散见于《人民文学》《诗刊》《钟山》《十月》等刊物及各种诗歌选本。出版诗集《诗瑜迦》《诗地道》等。诗集《爆破音》入选中国青年出版社/小众书坊“中国好诗·第五季”。

火车，火车

火车是什么？狂雪认出了
山洞，铁轨认出了骨头
麦子认出了白手套
海子认出了安娜卡列尼娜

火车是什么？虚无隐身迷路
单数隐身双数，黑隐身于白
大孤独隐身小时代
神隐身于史书的急刹车

火车到底是什么？从孟买
到圣地亚哥到塞巴斯蒂安
到虚谷镇到山海关，从出发地
到复活岛，始终跑着一列自由号
在不自由的轨道上，喘息，吼叫
我住在这个流动的寓所里，看它
它始终快乐地超载着

胡 / 弦 / 的 / 诗

胡弦，出版诗集《沙漏》《空楼梯》，散文集《永远无法返乡的人》等。诗作曾获《诗刊》《星星》《作品》《芳草》《文学港》等杂志年度诗歌奖、柔刚诗歌奖、腾讯书院文学奖、花地文学榜年度诗人奖、十月文学奖、鲁迅文学奖等。

敦煌

沙子说话，
月牙安静。

香客祷告，
佛安静。

三危如梦，它像从一个很远很远的地方
刚刚跋涉到此地。
山脚下，几颗磨圆的石子安静。

一夜微雨，大地献出丹青。
天空战栗，
壁画上的飞天安静。

黄 / 晓 / 华 / 的 / 诗

黄晓华，上海市作家协会会员，20世纪80年代初开始写诗。曾在《萌芽》《诗刊》《人民文学》等国内文学报刊发表诗歌。1984年获《萌芽》杂志创作奖，1985年获首届上海市文学作品奖。1988年停笔。2016年返回诗坛，有诗在《上海文学》《上海诗人》《诗选刊》《星河》《中国诗歌》《星星》《扬子江》《江南诗》等刊物上发表。诗集《春天远去》获上海市作家协会2018年度作品奖。

遥寄敬亭山

自从李白来过，谢灵运走后
众鸟就惊心，孤云也不得安闲
孤独被诗词追逐了一千年
连带着梅竹和生宣
桃花水，比酒还浓

苍茫是离情别绪，不止敬亭山
别处也有，更多时候在心里
出入其间，就是隐士
风景不用印章也是画
情深处，棠红梨白

油菜花永远让我晕眩
美太多，旧爱无法消受
而你今夜无端在我梦中穿行
像春风，从我身体外掠过
把敬亭山留在里面

我却茫无所知，就好像雨打残荷

荷不知是雨，雪落水中

水也不知是雪

黄 / 亚 / 洲 / 的 / 诗

黄亚洲，中国诗歌学会常务理事、《诗刊》编委、中国电影文学学会副会长。曾任中国作家协会副主席、浙江省作家协会主席。出版各类文学专著四十余部，其中诗集二十八部。诗作曾获中国鲁迅文学奖、首届中国屈原诗歌奖银奖、中国马鞍山李白诗歌奖金奖。

一切都是暂时的

一切都是暂时的
别看春天像水一样流得到处都是
群花烂艳，甚至还有蜜蜂在表演
　那出找到爱情的狂喜
那些秀才的舞蹈一向优美

地图上的房子、树林、小纸旗，全可移动
河流更是可以，只要买通峰峦
甚至三山五岳也行，无非是功夫大一些，要点燃地震
三四根经纬线一搓，不就是导火索嘛
一切都是暂时的

哪怕一朵大红的花，开上了光荣的胸襟
胸膛里那种狂热，也是暂时的
冷空气就要来了，那颗心其实知道
所以左心房与右心房都关着门，紧急会议接二连三

一切都是暂时的
蜻蜓也摇着翅膀赶来叙说平安了

但我怎么看也像是警用直升机

我佝在屋子的一隅敲键盘，懒洋洋地
龌龊的文字也是暂时的，这我清楚
它们马上就要另换一副面孔了
就像一批苍蝇成群飞起，又在另一个季节
成群落下，毫不稀奇

慧子，上海市作家协会会员，活跃于20世纪80年代诗坛。曾在《诗刊》《星星》《绿风》《诗歌报》《上海诗人》《上海文学》《萌芽》等纯文学刊物发表诗歌作品两百余首。与人合编《中国当代诗人100家》等。诗集《飘逸之人》获中国首届处女诗集出版大奖赛优秀诗集奖（四川文艺出版社）。90年代末移民澳大利亚。

北京粥的含义

我去过北京
其实我喜欢北京
这就是唠叨
重复毫无意义
所以粥就煮成七荤八素
像个不确定的你
我是来看你的
但我叫不出你的名字
你请我喝粥
看出了我的内心隐秘
粥是我的终极理想
我把平庸当作指标
花费钱这种纸币
如果想看清粥内底部的本质
就必须把沸腾的时间延长
特别是猪肝粥腰花粥
呈现后现代主义的程序

贾浅浅，西北大学文学院副教授，鲁迅文学院高研班学员，陕西省青年文学协会副主席。作品散见于《诗刊》《作家》《十月》《钟山》《星星》《山花》等，出版诗集《第一百个夜晚》。参加第三十五届青春诗会，出席第八次全国青创会，荣获第二届陕西青年文学奖。

镜　子

我双脚沾墨，邀请你来镜前坐坐
我们同时说出麋鹿在
树林中，迷失的那个夜晚

你在房中注《论语》，光线透过白纸
正一笔一画在上面绣字，门把被孩子撞坏
门缝变成了直布罗陀海峡

接着我分开双腿，你背对着镜子
你说空虚的日子拖着你往前走，日复一日

你跳进了我的湖，搅动。说：
我去过西藏，那里的湖最美，像月光石
但你的湖里有鱼，它们会四下散开
又狡猾地聚拢起来，啄我

镜子缓缓起身抖落所有的张望
未来正在宁静中缓缓熟透

健 / 如 / 风 / 的 / 诗

健如风，原名高健。

无诗之人

近日无诗
酒吧里只剩下一个写诗的人
守着一沓白纸
坐成了石头

白纸上撕开一扇门
有人出来
拿一支大笔扫去周围的事务
又有人出来，望着石人
欲言又止

纸门向后退去
有人返身取回从前
有人低头
认下当时的痛哭

江 / 非 / 的 / 诗

江非，1974年生，山东临沂人。著有诗集《传记的秋日书写格式》《白云铭》《夜晚的河流》《傍晚的三种事物》《一只蚂蚁上路了》等。曾参加青春诗会，获华文青年诗人奖、扬子江诗学奖、中国屈原诗歌奖、徐志摩诗歌奖、海子诗歌奖、茅盾文学新人奖等。现居海南。

风雪之夜

我想我应该用一根木棍
把门闩顶牢
不让风雪推动大门
这样我就可以
安心地睡个好觉
不用在半睡半醒之间，听到有人
在门外拍门
起床冒雪去开门
人睡着之后的心
总是朝向门外细听着
那种一下一下试探着的推门声
往往令人心碎

江离，1978年生于浙江嘉兴，毕业于浙江大学，著有诗集《忍冬花的黄昏》《不确定的群山》，现居杭州。

蟋蟀在歌唱

当最后几片薄暮褪尽
蟋蟀开始了歌唱
带着早晨清亮的音色
那就像是在童年的瓦片下一样永久
它在废弃的冷轧钢厂歌唱
蛛网将它的声音
凝结在历史亦真亦幻的露珠中
它在高架下歌唱，上面
厌倦了应酬而急着回家的尾灯
画出了红色的弧线
它唱着，在我们时代致良知的困扰中
也在没有任何保险的穷人屋檐下
安抚着夜半婴儿求奶的哭声
它在墓地歌唱
在来不及清扫的战场上歌唱
那里，相互拼命的敌人拥抱着倒在一起
而城镇的灯火，像悬浮的岛屿
远处，风中浮动的蛙鸣和虫声

交织起另一片灯火，托管了听觉的迷宫
在夜的穹顶下，它们唱着
一棵棵树像一众塔林
庄严、肃穆，静立于交错相生的梵音中

江/南/潜/夫/的/诗

江南潜夫，高级会计师，中国作家协会会员，湖州市作家协会副主席，《海外文摘》签约作家。由中国作家出版社、文联出版社等出版诗集十部，曾获《中国作家》年会作品一等奖、《天津诗人》全国诗歌大赛一等奖、《作家报》全国诗歌大赛金奖。

父亲，母亲和我

鱼入大河
等于一滴眼泪落入大海

我降临人间
等于一只乌鸦没入夜空

但把一颗土豆埋进土地
就无异于放虎归山

一条河，一直在搓洗一块石头
就像在给一个圣婴洗礼

年年洗，月月洗，天天洗
她要把一块石头洗成一只蛋

她相信，总有一天
会孵出一只天鹅来

姜华，笔名江南雨。中国作家协会会员，旬阳县作家协会主席。中国“十佳网络诗人”，“中国新诗百年”全球最具活力华语诗人。陕西省首届年度文学奖、“五个一工程”奖，首届中国天津诗歌节头奖，第二届加拿大国际大雅风文学奖获得者。在《人民日报》《诗刊》等发表诗歌四千余篇。获奖一百七十余次，作品被收录于一百八十余种选本。出版诗集《生命密码》等七部。

暮　春

那些在雨中奔跑的人，像一把衰草
衣袖上甩出微寒的风。道路弯曲
他们大多怀揣着阴谋，和宿命。就像我
奔波半生，仍没有理由放下叹息

雨中，有我的亲人、同学和故人
也有我的前世，一只蚂蚁、一头牛或
一条流浪狗。他们生下来就是贱命

没有谁抱怨未知的泥泞，如一只
乌鸦不抱怨黑。他们天性就是忍耐
顺从，我经常在别人屋檐下低头

人在江湖，谁能躲过世俗的淘洗
这个暮春的脸色，仍然是去年的翻版
雨没有停下来。只有雨才会同情雨

姜念光，山东省金乡县人，现居北京。著有诗集《白马》《我们的暴雨星辰》，另有散文随笔、批评文章及学术文章若干。

牛栏山初秋

方圆十里，是大小合适的尺寸
夜色，有着一头牛卧下来的安稳

所有沉重的，可以交给沉默的骆驼了
古往今来的那根稻草，也要轻轻拿走

饮酒两三杯，听波浪穿过然后平息
然后，满天繁星，数落心中磨圆的石头

在牛栏山，可能没有第二个人写诗
却并不妨碍诗歌重镇的筹建过程

不妨碍，困惑的花斑豹变回男人
一头露水，从牲口棚中回到山林

百里之外，那些鞭子下的畜牲还在吃着
而这里，蟋蟀和蚯蚓开始琢磨小提琴

蒋 / 蓝 / 的 / 诗

蒋蓝，诗人、散文家、思想随笔作家。中国作家协会会员，中国作家协会散文委员会委员，四川省作家协会散文委员会主任，四川省诗歌学会副会长，成都市作家协会常务副主席。成都文学院终身特约作家。

在海南岛与自己相遇

深夜，我坐在骑楼下吃地雷一般的椰子
月亮比地雷更圆
夜风把月亮的椰汁撒满街区
我看见我，一个很像我的少年
比我更帅气地搂住了一把纤腰

他用手梳理乱麻
举起藏匿在掌中的落日
发出昏鸦的欢叫
他在风里转身讨好黑暗
把三十年光阴抱在怀里

他的卷发遮住了另外一个轶事
女脸像椰子上砍开的缺口
泻着月光，也流淌椰汁
我从蒋蓝身边走过
他们挪开身！他说，你好

我说，兄弟，借个火！

塘里指南

蒋立波，当代诗人。1967 年出生于浙江嵊州。曾获第二十三届“柔刚诗歌奖”主奖。著有诗集《折叠的月亮》(1992)、《辅音钥匙》(2015)、《帝国茶楼》(2017)。有诗作被译成英、法、希腊、尼泊尔等国文字。现居杭州远郊。

整个早上，我们都在塘里村里转悠，
但还是没有来得及把它全部走遍。
来这里游玩不需要导游，随便哪一条狗
都会带着你走进那条著名的诗巷，
和它一起朗读章锦水、陈星光、蒋伟文的诗。
爬山虎没有脚，但显然比我们走得更快，
它们走遍了整整一面雪白的墙，我们过时的
平仄和韵脚，已经不可能把它们赶上。
只有鹅被我们抛在了后面，高亢的啼鸣
像骆宾王那里借来的导游词，向我们
热情讲解池塘里的锦鲤、腐叶与莲藕。
芭蕉早已高过屋顶，宽大的叶片像是迎迓，
或者地方志里的一行注疏，仿佛
当你突然抬起头，白云也正好停下脚步，
并且彼此惊讶于文言文与白话文之间
那小小的敌意，已完全被天空的蔚蓝消融。
透明的天窗邀请着更高处的松枝，
而整齐的瓦片始终沉默，像安静的鱼鳞
替我们随身携带的一首挣扎之诗松绑。

蒋 / 兴 / 刚 / 的 / 诗

蒋兴刚，浙江萧山人。中国作家协会会员，出版诗集三部。

疑 问

猫再次翻上屋顶。昨夜有寒霜铺路
每一步都处处小心

那种醒目的黄是给明眼人看的
从树上到地上
再被风送到屋顶上
仿佛让自己完整地走完了一生
……
把自己从事无巨细的生活常态中
剥离出来
一片树叶准备了一辈子

我不是那只晨练的猫，也不是
走上天葬台的一片树叶
我是谁？风尘与雨水也无能为力

蒋 / 雪 / 峰 / 的 / 诗

蒋雪峰，1965年出生于四川江油福田坝。中国作家协会会员。曾获“四川文学奖”、“中国诗歌排行榜双年度短诗奖”、“NPC李白诗歌奖”特别奖、“磨铁读诗会”2018年度中国十佳诗人等奖项。作品刊于《人民文学》《诗刊》《星星》《十月》《上海文学》《花城》《红岩》《澳门月刊》《新世纪诗典》等刊物，以及美国、奥地利等地区的刊物。作品被翻译成英、德、韩三种文字。出版诗集《琴房》《那么多黄金梦和老虎》《锦书》《从此以后》，散文随笔集《李白故里》《如沙》。

冤 家

花还没有开
你就在写葬花词了
那时美人还没有咳血
月满西楼

我把自己的骨头
数了一遍
少了的那根
被你抽去打狗去了

大雪满弓刀
我独自白头
你烧了粮草

我骑着马儿过草原
你在前面拉马头琴
马儿哭了
头上的白云像一顶
空无一人的蒙古包

天啊　地啊

心头肉　肉中刺

一去不回的冤家啊

蒋志武，湖南冷水江市人，青年诗人，中国作家协会会员。有诗歌刊发于《诗刊》《人民文学》《中国作家》《青年文学》《钟山》《天涯》《山花》《芙蓉》《大家》《清明》等多种期刊。曾获深圳青年文学奖、广东有为文学奖（诗歌奖）等多种奖项。出版诗集《万物皆有秘密的背影》等三部。

门庭的上方

琴弦想起，窗外细雨
曾在某条河流与我相识
砍伐森林的锯子和斧头喝足了树木之血
镜子醒着，永不需沉睡的镜子
公平地对待每一个人
你是什么颜色，它就纪念这种颜色

当宇宙的金属在上空发生碰撞
活着的人，在时间的内部不断磨损
有些事物消隐了，有些事物
还在打造华丽之身
尘土和荣耀，风吹灭一切可燃之物
门庭的上方，会摆放我的灰烬

金 / 铃 / 子 / 的 / 诗

金铃子，中国作家协会会员，诗人、绘画者。20世纪80年代末期开始发表诗歌。著有诗画集七部。曾参加二十四届青春诗会，鲁迅文学院第十七届高研班学员。获2008中国年度先锋诗歌奖、第二届徐志摩诗歌奖、第七届中国台湾薛林怀乡青年诗歌奖、第四届中国散文诗天马奖、2010年《现代青年》年度十佳诗人奖、《诗刊》2012年度青年诗人奖等文学奖项。作品曾经被翻译成英语、希腊语、罗马尼亚语等多国语言。

孤　山

山下那棵橘子树
一个小小的角色，是美景吗
它有没有承受孤独
说到“孤”字，我不再开口说话
看鹤端坐在风景最佳处，飞翔
含苞的胴体
让我成为一个警惕的看客
学会阻挡
用耳朵细细打量
来往的人，他们迟到的爱情
行宫，花木，佳句，好鸟成群
我来晚了
大半个孤山被它们占去了
它不再孤独

而今，我终于不用想它
不用担心寂寞的夜里
它在等我

康泾，本名陈伟宏。浙江桐乡人，祖籍长兴。现为浙江省桐乡市作家协会主席，浙江省作家协会会员，中国诗歌学会会员。在《诗刊》《诗选刊》《星星》《诗歌月刊》等报刊发表诗歌。著有诗文集《稻草人》、诗集《50°》、长篇小说《青镇人家》。2015年获首届全球丰子恺散文奖金奖。

我的心向南

从此，我的心向南。
改变一个人的方向多么不易。
我让透明的阳光直射在
贫富不均的老人斑上。
冬天有冬天的柔软，
冬天有冬天的坚强。

我躺着，背垫一张蓝色行军床。
我在梦里行走。
我扛枪，鸟雀追逐着我。
仿佛此刻，蜜蜂飞进来，
我赶不走它。它嘤嘤嗡嗡，多么动听，
想把第二个春天叫醒。

康桥，著名军旅诗人、国家一级专业作家。著有诗集《寸草心》《血缘之源》《飞翔，向着太阳》《生命的呼吸》《征途》《像天鹅一样歌唱》等，散文集《天问：我是谁》《冰层下绽放的花朵》。诗集获全军文艺新作品奖一等奖三次、首届齐鲁文学奖、共青团精神文明建设“五个一工程”奖、中国人民解放军图书奖。

乌木回头……

再也没有退路

忍字头上一把刀
你已退到悬崖绝壁

一生历尽风霜雪雨
退到无路可退
忍到忍无可忍

褪去人的七情六欲
褪去动物的四肢嘴脸
成为南国四季常青的大树

做人需要忍
做树更需要忍

与石俱焚
这一忍竟睡去千万年

苦海无边　谁在唤你回头
解除千年重压　轻抚你
累累的伤痕

重见天日
不哭　不笑　不歌　不舞
只以满身的包浆站立
听海观涛不问春去与秋来

柯 / 健 / 君 / 的 / 诗

柯健君，1974年生于浙江台州。中国作家协会会员，台州市作家协会副主席。参加《诗刊》社第二十六届青春诗会，获《诗刊》2010年度诗歌奖。出版诗集《海风唱》《大地的呢喃》《嘶哑与低沉》等五部。

沙

我比一粒沙还要缓慢。没有
从岸上走到海里去
台州湾畔的海，已经生出一片一片
浑黄的锈斑。我庆幸，我慢下来
等泪水滴落还有一段时间
那就苍茫着
看够了海，请一粒沙到梦里去
那里干净，简单。

柯平，诗人，作家，1956年生，祖籍宁波奉化。主要作品集有《历史与风景》《阴阳脸——中国传统知识分子生态考察》《文化浙江》《运河个人史》《素言无忌》等。曾获人民文学奖、艾青诗歌奖、朱自清文学奖、郭沫若诗歌奖、中国首届屈原诗歌奖银奖等多项，现居浙江湖州。

西 施

再没有别的女人了　当这个女人死去。
当她的衣裙在烟波深处
最后一次闪动。
水什么也不说。

这世界不再有女人。
这样的楚楚可怜　忍辱负重。
这样柔媚彻骨的眸子。
两国的刀剑　在她的红唇上熔化。

水漫过她浣纱的石头
那些杨柳依然青青地垂下来。
秋天河床渐渐浅了
石头上有她用过的木杵。

这世界再也没有女人　再也没有女人了。
这样的雪肤花貌。
这样让人神魂颠倒的声音。
这样纯洁的小手。

头上一轮明月
照过她深宵帐中的盈盈泪光。

没有一个男人能够拒绝她。
没有一个男人能够面对她　背转身去。
这样娇小的足踝。这样瘦不盈握的腰肢。
这世界上再也没有别的女人了。
水已经带走了她　水什么也不说。

空也静，原名魏彦烈，玉树藏族自治州作家协会名誉主席，青海省作家协会会员，军旅诗人。诗刊于两百多种纸刊，出版诗集多部。获昆仑文艺奖、唐蕃古道文学奖。

钢琴师

敲开一扇门
一条羊肠小道
拐进柳暗花明
溪水在密林间嬉戏
几声鸟鸣从指间滑落
山谷杀出精兵十万
黄昏坐在一架钢琴里
呼风唤雨

蓝 / 蓝 / 的 / 诗

蓝蓝，原名胡兰兰，1967年生于山东烟台。诗人、童话作家。出版汉语诗集十二部，出版英语和俄语诗集三部，出版散文集八部，出版童话六部。现居北京。

当深蓝的夜围拢

当深蓝的夜围拢你的脸
那些女战士擂着腰下的大鼓！
酒神多毛的腿就从
葡萄丛里伸出。

我看见你，在隆隆的鼓声中
大海撤出了它的盐库。

你在我眼中，生命的干渴
畅饮红色的葡萄酒——

那是爱流血的方式。
是死神放走自由的方式。

冷眉语，《左诗》主编，出版诗集《季节的秘密》《对峙》。作品散见于《诗刊》《扬子江》《星星》等文学期刊，并入选十多种选本。江苏省作家协会会员，野马渡雅集成员。

一张纸

我保持着警觉
纸上的字太过沉重，无数死
成为活的理由，堆成山的无字碑

我的目光掠过
易主的耕田。刮骨疗伤
老屋檐下，新燕不知飞往谁家
它们的心事，风无法吹透

一张空荡荡的白纸
每个人，转眼都成了会念咒的观音……
你被迫交出一切，桥
将身子一拱到底

我看见大雪吞噬了残腿的祖母
我的父亲
如摇摇欲坠的老屋。刚出生的我
是雪地的一行挽联

一张空荡荡的白纸。你看不出
有什么在上面走
夜深人静时
它如春水哗哗作响

李彬勇，1983年毕业于复旦大学国际政治系，复旦诗社早期理事，系20世纪八九十年代学院诗派、城市诗派和先锋诗歌的重要参与者。作品主要有合著诗集《城市人》、个人集《十四行诗集》《位于天边》和《李彬勇诗选》等。

上

现在是不是你最纯粹的时刻。
不要去回忆里找，就在当下，
从你轻易会触发的感动里，从你
不再反复的对所有伤害和冒犯的原谅里。

声称要原谅的都称不上原谅。
现在是不是你最唯美的时刻。
粗糙的皮表，变白的眉毛，说话的
语调，以及回应以四周律动的柔弱目光。

现在是不是你最敞亮的时刻。
你的动机已被看穿，像健康那样
真实而宝贵。那从颠簸处归来的身体
安全可靠，如同将船锁定于港湾的锚。

李不嫁，“60后”湘人，因其诗作的特立独行而被称为湖南的老诗骨。

本 能

几乎是同时
她和我看到这一幕
浏阳河上空，蝙蝠乱舞的黄昏
一只老鹰忽然从天而降
攫住一只蝙蝠后，消失于云端
我的女人，先是双肩一抖
像水边的垂柳；继而张开两臂
像护住一窝小鸡，将我蓬松的脑袋揽进怀里

李国七，1962年生于马来西亚。作品发表于中国、东南亚国家等刊物。著有中文散文集《来自海上的消息》，外语诗集《2002》《半岛边缘》《一个水手的寂寞》，短篇小说《失眠录》《吉兰丹来的男人》，科幻小说《地球的哭泣》，长篇小说《爱与恨》。曾获得花踪诗歌、马来西亚国家文学、乡亲中篇小说、嘉应散文等奖项。

切尔诺贝利日记

就连收拾个人物品的时间都没有
瞬间，一切就走向毁灭与灭亡
翻过山，曾经结队成群的蝴蝶蜜蜂
丰盛田地，在暮色下袅袅升起的炊烟
幸福家庭的色彩与氛围终止在那一刻
躲在家里、逃到外面的空间，……无处藏匿
环境顿时变得无比安静
安静是死亡最孤寂的颜色
回归大寂、大灭，无从碍故，无从恐怖
就在多年以后的废墟
一片土地继续寂寥败坏
安静的，已经不仅仅是天空
落在人类承载人性的眼瞳里
一抹无奈而无助伸向无止境的绝望黝黑
熟知代价，周而复始却重复再犯
那是切尔诺贝利
一时热议逐渐翻篇遗忘

· 李皓，中国作家协会会员，辽宁省作家协会全委会委员兼诗歌委员会秘书长。文学硕士，一级作家，现供职于大连新闻传媒集团。

今年第一次听到蝉鸣

今年第一次听到蝉鸣
穿堂风还在屋子里走来走去
时间的锯末子
呈现出不规则的散乱状

在此之前
我一直没来由地干咳
好像是谁在谋划锯掉我的声带

眼下凶手若隐若现
它基本证实了我对某些友谊的揣度
信誓旦旦的人
必将死于对邪恶的畏惧和纵容

一声不响的人
在热浪尖上安详地舔着刀锋

李龙炳，1969年生于四川成都，客家人，现居成都青白江乡下。著有诗集《奇迹》《李龙炳的诗》《乌云的乌托邦》。获成都市政府第五届金芙文学奖、第七届四川文学奖、中国十大农民诗人奖、首届四川十大青年诗人奖、首届中国田园诗歌奖。

一本书突然醒来

一本书突然醒来，
会不会伤害我？
它醒了的时候，
会不会是我最脆弱的时候？

一本书想杀死我，
可以厚得像红砖头，
我读过的砖头，
是否还能修复巴别塔？

一本书想杀死我，
只需动用一张薄薄的纸，
一张纸点燃就可以烧死我，
我是这个时代的易燃物。

一本书想杀死我，
只需动用纸上的一首诗，
每一个字的流弹都可以置我于死地，
因为我在诗的边境。

一本书突然醒来，
它也有人类的噩梦。
一本书最后成了我的情人，
书中的两粒子弹，有巧克力的味道。

李建军，中国作家协会会员，中国诗歌学会会员，浙江省台州市黄岩区作家协会主席。著有《飞翔的泥土》《拯救冬天》等两部诗集，在《诗刊》《人民文学》等多种文学刊物发表大量诗歌，部分作品入选中国年度优秀诗歌集。

村 庄

它像一口土锅灶
炊烟充满着历史的秘密
明清的飞燕，筑巢在
四合院消失的屋檐

溪流波光里的村庄
像一只飞翔的白兔
是一双沉甸甸的金筷子
是一片燃烧绿火焰的竹海

花枝牵出钢铁的耕牛
蜂翅舞动天空与麦田
播种风雨，播种深蓝的忧伤
蜜甜的诗，生产倾斜、深情的秋天

青峰仰望的月亮
像一只悬浮的红苹果
村庄是一把今生的剪刀
能否剪下来世的夕阳

它像炊圆，蒸在暖暖的河岸上
里面是大资本香喷喷的馅
像一张糖纸包裹着城市
笑嘻嘻地含在时间的嘴唇里

李笠，诗人，翻译家。出版瑞典语写的诗六部，其中包括《水中的目光》《源》等。译著有《索德格朗诗全集》(2015) 及 2011 年荣获诺贝尔文学奖的瑞典诗人特朗斯特罗姆的《特朗斯特罗姆的诗歌全集》《瑞典当代诗选》等北欧诗人作品。2016 年出版《雪的供词》和摄影集《西蒙与维拉》。2017 年出版《回家》。拍摄的《白色的城市》等五部诗电影先后在瑞典电视一台播出。

母　语

这一生，无论我到过多少国家，母语
都是一杯清早的绿茶，漾着幽婉的琴音

有时她是唐诗宋词，一碗筷子
争抢的红烧肉，说自己是仙鹤的白酒

她也是纽约或伦敦的臭豆腐。闻到它
你会认出你自己：啊，我还是个中国人

我曾想摆脱她。她是一只寻找鸟的笼子
使我看见“潋滟”就想到西湖的狭隘

许多人死于母语，像婴儿死于愤恨的母乳
许多人死于母语而仍想变成不朽的诗泪

是，我愤怒的时候，她让我用她来诅咒
并令我情不自禁用她记数字，比如护照号码

这一生，无论我到过多少国家，母语
都会把我译成她的语调，一座镣铐扑扇的迷宫

李 / 南 / 的 / 诗

李南，1964年出生于青海。1983年开始写诗，出版诗集多部，2017年出版诗集《妥协之歌》。作品被收录于国内外多种选本。现居河北石家庄市。

偶遇南京

没有泥浆的街道
晚秋的蔷薇还未枯败
中山陵游人稀少
大屠杀纪念馆抑郁难耐……
在六朝古都
我的心事太沉重，思想又太苍白。
直到你适时出现
一道强光照彻了我的幽暗。
我们聊天，说起家乡和近况
说起蓝色大海和可爱的朋友
我有陈酒，但我们没喝
我新谱的曲子，也没有人会唱
这也足够了——空气中有蜜
灵魂得到了最高奖赏！
唉，美好的事物总有缺憾
十一月追赶着十二月。
可是……世上有一种不期而遇的相见
还有一种不说再见的道别。

李轻松，生于20世纪60年代，80年代开始文学创作，已出版诗集、散文随笔集、长篇小说等二十余部，戏剧影视作品数部。现居沈阳，专业编剧。

风暴啊，风暴！

这场风暴便是一场回旋之戏
那搅动的树林像幼虎的波纹
那么野蛮！我也成了起伏的中心——
在无边的边境线，我在边界之外
有俯冲过来的苍穹、苍鹰与苍茫
大雪落了一夜！
我只想拥抱一下谁！
我抱着从山顶滚落的雪球、呼啸的山林
抱着拜过金兰的姐妹、大大小小的猛兽
抱着那冷血的、温血的动物
抱着飞驰的月亮、烧酒和遗址
与野兽一起出没、袭来，成为喜悦的灾祸，
而我就是风暴的残骸！

李/少/君/的/诗

李少君，1967年生，湖南湘乡人，1989年毕业于武汉大学新闻系，主要著作有《自然集》《草根集》《海天集》等，被誉为“自然诗人”。曾任《天涯》杂志主编，海南省文联副主席，现为《诗刊》主编，一级作家。

春　祭

回到山坳里，回到祖居老家
就知道祖先还在，祖先与青山共在

站在树下，清风就会吹来
祖先就在你耳边低语
走到田野间，细小的虫鸣声中
祖先就沉默下来，乡村异常安静

桃树李树杨树桂花树
整整齐齐围护祖居
代替你们陪伴祖先、照料院子
麻雀燕子青蛙仍旧居住四周

子孙们举牌捧碑敲锣打鼓排列而上
放鞭炮，烧纸钱，齐头跪拜
纸扎的高楼大厦顷刻灰飞烟灭
祖先在远处注视这一切

仪式热热闹闹，乡间红白皆喜事
但青山不动，祖先不语
人间春如旧，柳色年年新
子孙一茬一茬出生成长
祖先在山冈上，守护着此地

李 / 天 / 靖 / 的 / 诗

李天靖，中国作家协会会员、《上海诗人》首席编辑、华东师范大学某杂志编审。诗歌获《人民文学》《文艺报》《写作》《芒种》《文学报》等诗歌奖，及《中国作家》诗歌、评论各一等奖。诗集《你成为你诗歌的猎物》获上海市作家协会2015年度诗歌奖。出版诗集《等待之虚》《李天靖短诗选——中英对照》《秘密》《你成为你诗歌的猎物》等，《森林中的一棵树——李天靖随笔、访谈、评论集》。诗歌入选国内多个重要诗选本。

别了，闽江

手机拍下车窗外
疾驰的江景

柔和的拐弯，“别了，闽江”
她说得令人不舍

把你看成阴性的流水
游弋的青蛇，目光迷离——

虫子撒入闽江
满天星映入水中低吟

神灵的族蛇
诡异，清澈而性感

别了闽江，一条入怀的
青蛇，百媚环生

按：闽字的虫，长虫又名蛇，是闽地古代族人信奉的神灵。

李小洛，20世纪70年代初生于陕西，学医，绘画。曾参加第二十二届青春诗会、就读鲁迅文学院第七届高研班，获第四届华文青年诗人奖、郭沫若诗歌奖、柳青文学奖。获“新世纪十佳青年女诗人”“中国当代十大杰出青年诗人”“陕西省百名青年文学艺术家”称号。首都师范大学2006年度驻校诗人。陕西文学院签约作家。安康市文联副主席，安康市作家协会副主席。著有诗集《偏爱》《偏与爱》《孤独书》《七天》，随笔集《两个字》，书画集《水墨系》《旁观者》等。

新年致辞

你好，火车，车厢里疲惫的乘客
餐车里的苹果，打盹的乘客中间，
　一位旅行者的心
你好银河系
银河系里遨游的星星，大熊星座，
　我的前半生和我的后半生
你好，水杉
水杉里的水
小王子和田螺姑娘
你好，草原上的马匹，牧羊人，青草，露珠
和露珠上摇摇晃晃的太阳
你好，阴雨天里
高高垂下的大气压
我静坐过的椅子，板凳
卧室，客厅与书房
你好，陌生人
新年以前，我们还没见过面
如今我们见了
我们将一起去南山下

造房子，修池塘

采草莓和去海南

李浔，“60后”，从事诗、文艺评论创作。毕业于武汉大学中文系。中国作家协会会员、湖州市作家协会副主席。出版九部诗集和一部中短篇小说集。作品曾获《诗刊》《星星》奖。诗集《独步爱情》《又见江南》分别获浙江省第二届、第四届文学奖。1991年参加《诗刊》社第九届青春诗会。

白　鹭

一只白鹭在湖边看见了自己玉立的身影
叼洗着洁白的羽毛，那么专注
仿佛这一刻是真正的目中无人

湖边还有我，一个对美过敏的人
专注着另一个专注

现在很静，我一直在等白鹭飞起来的样子
不会飞的人，用一生在看飞
仿佛这专注已目空一切

李／郁／葱／的／诗

李郁葱，1971年生。中国作家协会会员。1990年前后开始创作，出版诗集《此一时彼一时》《浮世绘》《沙与树》，散文集《盛夏的低语》等多部。现居杭州，在媒体单位工作。

羽衣甘蓝之诗

我默然于它在雨中的面庞，
像是一次突然的发现。在这漫无尽头的
雨季里，它似乎焕发了别致的美
中心处的嫣红，渐渐
向着边缘过渡，成为那种透明的白
甚至不是白，而是这抖颤着的空气的
一部分，它成为这空气里的焦灼：
从汽车尾气的嘶鸣中，从一柄被风略微
吹斜了的雨伞里，从匆忙者的步履间……
它被定格在普通的塑料盆里
平庸的躯体，或许是一滴浑浊之泪
是什么让它变成递来的礼物？
在我所忽略的地方，它奉献了一个
惊讶，仿佛是第一次所看见，
让人厌倦的事物却蓬勃了它，以对称的
秩序，它，那发自肺腑的张开
对这人间的善意从不曾缺少，
即使是在方寸之地，狭窄之梦？
只是遵从于时间的天赋，被尘埃

所湮没，而没完没了落下来的雨，

是它的钥匙：打开

我视觉的愉悦，它逢迎中踮起的舞蹈

有人在街角惊喜叫出我的名字。

连占斗，1964年生，福建省大田县人，福建省作家协会会员，大田县作家协会主席。1990年以“福建三家巷”参加《诗歌报月刊》第二届全国现代诗歌群体大展，著有诗集《太阳的语言》《田野的钥匙》《光与影的阶梯》《天地之吻》《大地的心跳》《天象》《天空之物》等七部。作品先后在《诗刊》《星星》《诗选刊》《诗歌月刊》等发表，曾入选《2011年中国诗歌读本》《中国好诗歌》《汉诗三百首》《中国当代诗人代表作名录》《2018年中国诗排行榜》等。

横　幅

贴在大地上的横幅
我写上：将踩踏我的脚步送到天空去
悬挂在高楼上的横幅
我写上：我将会接近天空的距离
飘浮在云朵上的横幅
我写上：请向大地致敬

而我的友人则写上
大地上：仰望天空才是正确的
高楼上：我将是天空的高度
云朵上：天空永远在我之上

最终被时光采用的横幅是
大地上：如果要倾听天空的心跳就请贴在大地上
高楼上：如果无法与天空和大地保持相同的距离
那就保持一颗相同的心
云朵上：天空与大地永远一直在相互礼赞

大　雪

梁晓明，浙江湖州人，中国先锋诗歌代表诗人。1988年创办中国先锋诗刊《北回归线》。获《人民文学》建国四十五周年诗歌奖等奖项，获评“2017年度十大诗人”、第三届华语春晚中国新诗“百年百位诗人”等。出版诗集六部。

像心里的朋友一个个拉出来从空中落下
洁白、轻盈、柔软
各有风姿
令人心疼的
飘飘斜斜向四处散落
有的丢在少年，有的忘在乡间
有的从指头上如烟缕散去

我跟船而去，在江上看雪
我以后的日子在江面上散开
正如雪，入水行走
悄无声息……

林 / 馥 / 娜 / 的 / 诗

林馥娜，“70后”，广东人。出版《我带着辽阔的悲喜》《旷野淘馥》等诗歌、理论、散文集七部，主编诗集两部。作品发表于国内外多种刊物及选本，并入选高考模拟试卷及央视科教频道。部分作品被译成多种文字。曾获国际潮人文学奖等诗歌奖、理论奖。系中国作家协会会员、广东省作家协会诗歌委员会委员。

水　舞

山脉的堞口有更丰沛的奔涌
众神之瀑环立
夕照下的水舞宕落于深涧而溅射流光

而在山下，一个人的水之圆舞
冲破一江秋水，无数涟漪荡起
像一场大梦中自迷的醉意

这寂静的潜跃，是
浮华的人世镜面上，暗夜来临之前
一小块自在，一帧鹤舞的照影

林新荣，温州人，中国作家协会会员、瑞安市作家协会主席。曾在《中国作家》《北京文学》《诗刊》等报刊发表诗歌。著有诗集《时间在这时候慢下来》《侧面》《天瑞地安》等，主编《中国当代诗歌选本》《中国当代诗歌赏读》《中国当代诗歌赏析》《震撼心灵的名家诗歌》等。

钟表匠

他能把时间校正——

童年时，我最喜欢看钟表匠工作：
拆开一个个零件
擦拭着时间
他的左眼夹着一只放大镜，右眼眯着
手里仿佛拢着无边无际的时光

“师傅，这表能修一下吗?”
“先放在虚幻里吧”
——有比钟表匠更尊敬更神秘的人吗?!

——现实中的他却掌控不了
三个漂亮的女儿
她们散逸着
生活只让他在轮椅上埋头慢慢装搭

还有什么比卡住的时间
更加好玩更加难堪吗——它们一团团

一堆堆、一卷卷推动着

——孤绝，静谧，美好

覆盖住这世上所有的一切

楼河，江西人，现居云南。杭州野外诗社成员，曾获“诗建设”新锐诗歌奖。

灰 海

新铺的海滨栈道
消失在前方的沙滩。
那么我们坐着，看海，
在海风里低下头，
看自己，想象母亲如果
在海边的阳光下织毛衣
会是怎样的情景。
蓝色的海，白色的沙滩；
灰色的木栈道，金色的毛线；
闪烁的海面，回旋的波浪。
一根线摆动，不停穿插的针眼，
更多线摆动，使手掌心的温度
留在细微的绒毛上。
时间在流逝，静静地，
芝诺的飞矢正在穿透
它的无限旅程。
尘埃坠落，海在天空消失的地方
变灰。噪音褪去色彩
变成照片里的一块像素。

我们看海，看着自己
被蓝色的大海刻画出
孤独的形象。那片灰色的海
是一块泥板做的画，
针织的保暖手套
嵌入画板破碎的边缘。

卢文丽，杭州人，诗人，作家。中国作家协会会员，主任编辑，文学创作一级。20世纪80年代开始写诗并发表作品，进修于复旦大学中文系作家班，1992年从邮局调入《杭州日报》副刊部任文化记者，毕业于浙江大学新闻系（现新闻与传播学系）。现为杭州市新闻工作者协会副秘书长、杭州市作家协会副主席、杭州市作家协会诗歌创委会主任。著有诗集《无与伦比的美景》《亲爱的火焰》《我对美看得太久——西湖印象诗100》《礼》，散文集《沙漏的舞蹈》《温柔村庄》和长篇小说《外婆史诗》等。两度获浙江省优秀文学作品奖、浙江省人民政府鲁迅文艺奖提名奖、中国女性文学奖入围奖等。

每个季节都有该做的事情

太阳似灼人果实
悬铃木在道旁默立
锯子歌唱着森林
雏菊在傍晚松了口气

躁动的永远躁动
缺席的依然缺席
星星在山谷上闪烁
想说的话依然藏在心底

每个季节都有该做的事情
就像你
一言不发地把水烧开
把纸铺平
静候万里之外的鸟群

时光从未走到尽头
雨总会如期而至
盲者在风暴中起舞
所有幸存之物都将重新获得辨认

芦 / 苇 / 岸 / 的 / 诗

芦苇岸，土家族，1971年12月出生于贵州德江，1994年定居浙江嘉兴。1989年开始公开发表作品，迄今依然坚守纯粹而独立的写作。系中国作家协会会员、铜仁学院客座教授、吴越出版社总编辑。

另一个我在点燃你

维特根斯坦说，语言的极限就是世界的极限
他自信地植入“我”，忽略跨年
无论之前的日子有多少黯淡，未来如何光明
都无法否定此刻的闪烁
这是人性的亮度，无尽的语无伦次的谈吐
汇聚，散开，像昨夜今晨的雪，被过度消费
我们走在无雪的大道，黑暗无比漫长
耳际在回响：“另一个我在点燃你。”
我坚信，说出不是冒犯，是此在的全部

鲁 / 橹 / 的 / 诗

鲁橹，女，籍贯湖南。曾在《飞天》《十月》《人民文学》《诗刊》《绿风》等刊物发表过作品，有诗多次入选年度诗选本。曾获《大风诗刊》《安徽文学》等刊"年度诗人奖""实力诗人奖"，"中国当代优秀诗人奖""海子诗歌奖"提名等。现教育部某中心工作。居北京。

茶 事

由淡转淡。新芽早已认领最先的命数
我张口莫辨：冥冥中的一道难题
一滴沸水就解了机关

不是一滴滚烫的水。不是一种既定的
程式。我要守候的岁月
我追不上，也留不住

慢待。等我眼部的灼热
和杯盏一同降温
茶叶接受茶叶
我接受我——

都是时光里的发生

陆 / 健 / 的 / 诗

陆健，中国传媒大学教授，1982 年开始发表诗歌，1991 年加入中国作家协会。出版诗集二十部。

朗诵者

朗诵者从另一条路径走来

朗诵者遇见诗歌
与诗歌形成钝角或锐角关系

不完全相互覆盖
非对称。同一首诗
对朗诵者和诗人来说
是两首诗，两次开放的过程
时常，朗诵者比诗人走得更远

清亮或沙哑的声音
对应万籁齐鸣的世界
参加到生活中，握住本质的手
绵延的乐曲般的抑扬起落
刀削斧砍似的停顿

汉字如旗，卷起是长矛
飘展是四季。高山海洋

人间的大爱。朗诵者
西服笔挺或对襟大袄
缓缓登攀或飞流直下

在尘埃里，在语音的高处

路 / 亚 / 的 / 诗

路亚，教师，祖居上海郊区。上海师范大学毕业。诗歌在《诗刊》《诗歌月刊》等杂志上发表。入选各种诗歌选本。获《西北军事文学》2015年度优秀诗歌奖、2017年首届原则诗歌奖。出版诗集《幸福的秘诀》《一阵风吹草动》。

大梦过半——

退潮的海滩上
海水吐出未经消化的贝壳、泥螺、海草
放下此生来过的信物

黄昏的暖光投射在它们身上
海滩如曼荼罗净土圆满

路过的爱人捡起它们，询问大海：
“你有没有好好爱过，全力以赴？”

“我在沙滩上一次次写下情语
可是你看，可曾留下过痕迹
咆哮是无用的，只需扔掉
然后接纳，接纳所有视若珍宝或厌弃的
贝壳、泥螺、海草，直至海面无漏
这是我一生的练习。”

夜色降临，海水吞下它们
继续练习着完全接纳的能力

骆家，诗人、翻译家。1966年生于湖北。20世纪80年代开始诗歌创作和文学翻译，著有自选诗集《黄昏雪》，出版诗集《驿》《青皮林》《学会爱再死去》，译著格鲁吉亚诗人吉茨安·塔比泽诗集选《奥尔皮里的秋天》，主编（与金重）《新九叶集》。曾获莫干山国际诗歌节、上海市民诗歌节等诗歌奖项；获深圳第一朗读者诗歌翻译奖。作品入选国内外多个选本。现居深圳。

与夏天无关

被焦虑包围的黄昏与黄昏无关
与洄游的想象无关，显然

时间过于草率。等待夜色点亮的灯
无法采取主动，唯有等待
尽管结果已知晓。属于陈年记忆

那么那些未被点燃的蓝色的积雨云
去了哪里？那些光带从燃剩的那一截
退却。人们的影子恍惚，再褪隐

与鲁莽的夏天无关，短暂或
令人厌烦的说教企图影响永恒，譬如
一块被火烧烤的石头想影响火

这原本可以转变成为一种药
值得信任。它保持着一种初始的力量
一开始即已完成误解转移

骆 / 苡 / 的 / 诗

骆苡，浙江杭州人，浙江省作家协会会员，制片人、作家、诗人。20世纪80年代初开始写诗，诗作登于各大报刊，目前为《星河》大型新诗丛刊执行主编。

虚　空

今晚
又一次合上你的诗集
黑暗中
期待着你的出现
给我一个等待已久的酣眠

为什么此时
你炯炯的双眼无所不在
我的呼吸
发出一种渴望的颤动

我早已是秋天般的女人
面对爱情
如同打湿的落叶，不再飞起
为什么今夜
月亮这面镜子，让我涨潮

我的床像是波光粼粼的大海
一阵阵动听的涛声

长满了翅膀

突然看见我的心，悬挂身体之上

在虚空中跳动

马 / 慧 / 聪 / 的 / 诗

马慧聪，诗人。1984年生于陕北神木县，2000年提出“绿色文学”理念，2003年加入陕西省作家协会。中国作家协会会员，陕西省作家协会理事、青年文学委员会副主任。出版诗集《人模树样》《渴望》《守候》等。荣获全国十大“80后”作家主编、徐志摩诗歌奖、中国长诗奖、中国青年诗人奖、陕西青年五四奖章、草原文学奖等荣誉。参加第八次全国青创会、第33届青春诗会。现为陕西省青年文学协会主席，陕西青年影视文化传播有限公司董事长，《延河》下半月刊执行主编。

落叶归根

买了一张火车票回老家
卧铺号是我的生日
我猜想，不是老家的泥巴想我了
就是老家的木瓜树

一些过往的事和物，无法诠释
我爱吃野花野草野蘑菇
从来没有中过毒
我还喜欢爬到狗窝睡觉
追着蝎子跑，与蛇躲猫猫

这些年在外，我情有独钟
如果是水啊树啊草啊
我都想挖出一些来，放回老家

因为我想做一个有根的人
从泥土中走出来，再回到泥土中去

马累，原名张东，1973年4月生于山东淄博。参加第二十七届青春诗会。出版诗集两部。主要作品有《鲁中平原》《一个理想主义者的大地》等。

午 后

午后，看风穿过葡萄架上
凌乱的枯枝，
那如鹿鸣般的响声尤为高贵。
仿佛自去年秋天以来，
我一直寻找的。

这点寂静多么难得。可以
在无声中索取遥远。
在那杯渐凉的茶水中，
看千秋万代的涟漪，多少
已经苍老的忠与义，
在心无旁骛地告别。

就像多年以前听罗大佑
眯着眼唱《亚细亚的孤儿》，
但至今还是最喜欢他的
《鹿港小镇》。
“子子孙孙永保佑，
世世代代传香火”

可这个世界能让人抒情的
成分已经不多，
红尘也不是想要的红尘。
还有两样最干净的东西：
父母的目光和内心的痛苦。

马启代，1966年生，祖籍山东东平，诗人、诗评家。“为良心写作”的倡导者。现为中国诗歌在线总编辑，“长河文丛”、《山东诗人》、《长河》主编。1985年11月开始发表作品，创办过《东岳诗报》等民刊，出版过诗文集二十二部，作品入编各类选本两百余部，曾获第三届当代诗歌创作奖、2016首届亚洲诗人奖（韩国）等，作品入编《山东文学通史》。

做第一个在春天里奔跑的人

按节气何时立春
那不是我的事
但我要
做第一个在春天里奔跑的人

我要在寒风里跑出春风
在枯枝败叶中写上葱茏
让板结的土地感受到诗意的热情
这一些，是我应当做到的

跑着跑着身后的风就会和煦起来
那些绿色的嫩芽正赶往枝头
冬眠者的梦马上就要醒了
万物都应该自由自在、生机勃勃

做第一个在春天里奔跑的人
大家都来啊
寒冷就会瑟缩、退却
这晴朗的天和广阔的地本来属于我们

马叙，写作经年，文字散见于《人民文学》《十月》《当代》《中国作家》《天涯》《大家》等刊物，作品入选多种选本。出版作品集多部。获第十届十月文学奖、《诗神》年度诗人奖。

我就是在湖边随便走走

冬来了，我独自走在鄱阳湖边。
我就是随便在湖边走走
——一如我对生活的平淡态度。

在湖面开阔处，我看到了一只
与我近似状态的水鸟。
我感觉它是在向我问安。

当然，只有我明白
它之所以如此平静，因为它清楚地知道
——令人惊异的事物就藏在明天湖边的某一处。

马 / 永 / 波 / 的 / 诗

马永波，1964年生，文艺学博士后。主要出版著译《1940年后的美国诗歌》《1970年后的美国诗歌》《1950年后的美国诗歌》《英国当代诗选》《以两种速度播放的夏天》《词语中的旅行》《白鲸》《自我的地理学》《史蒂文斯诗文录》《阿什贝利自选诗集》等七十余部，现任教于南京理工大学诗学研究中心。

冬雨中的宇宙论

宇宙有多长，我还能活多久
如果它还在膨胀，我怎么没有被拉长
人类画在气球表面的形象
便会越来越大，越来越薄
变得扭曲而难以辨认

如果这文化气球不规则的膨胀
导致到处漏气，我们有一天便会
啪地收缩回来，吹破的气球
糊在一个小孩的脸上

在宇宙热寂的一个小小涨落里
我们活着，并思考着宇宙的膨胀方向
一群老鼠，趁主人不在，在地板下
爬开爬去，拖着肚子，把碎骨头拨响

我们还能活多久，宇宙有多长
是谁在把我们当气球吹
把银河系的平底锅靠在墙上放凉

他的父亲下班回来了

拿着河外星系的报纸筒

无聊地随意拍打着沿途经过的事物

上面有关白矮星的新闻

已经被一场冬雨弄得模模糊糊

莫 / 卧 / 儿 / 的 / 诗

莫卧儿，1977年生于四川。著有诗集《糊涂茶坊》《当泪水遇见海水》《在我的国度》，长篇小说《女蜂》。诗歌发表于《诗刊》《人民文学》《中国作家》《北京文学》《钟山》等刊物。曾获第四届北京文艺网国际诗歌奖、第五届徐志摩诗歌奖、首届四川十大优秀青年诗人等奖项。中国作家协会会员，曾参加《诗刊》社第二十八届青春诗会。

蜀葵的秘密

节节向上的花茎
让你没费太多力气就攀缘至
蜀中童年
在它们盛开的空地上
青草更像是钟盘的底色
空中，几只蜻蜓充当了时间刻度
转动的朵朵旋涡
你其实无意分辨其间
隔了几个时空
或许蜜蜂知道答案
它总是灵巧地抽身于局部真理
转而投入更加宽广的谜题
至于阳光想要探秘
必须先克服自身在花叶间投下的阴影
才能接近那么一小步
不可否认的是
有时当你极目看向天际的云彩
就会发现大地上的事物
时常也会被莫名的力量允许
在另一世界出生

莫 / 笑 / 愚 / 的 / 诗

莫笑愚，诗人、农业经济学博士，祖籍湖南岳阳，旅居美国，现为某国际机构驻中国代表处高级专家，美国康奈尔大学汉弗莱访问学者。著有诗集《穿过那片发光的海》。诗集《水与火的中间是烟》即将出版发行。

已知的，未知的

已知：流淌的溪涧归于大海
未知：那逝去的时间到哪儿去了？

已知：我刚刚度过今年的生日
未知：去年今天的我存放在何处？

已知：我一转身就惊起一群白鸽
未知：那白色的影子真的在空中消失于无形？

已知：他在梦中失手打碎了一只花瓶
未知：那破碎的花瓶就一直破碎着？

已知：我的童年曾在湖畔度过
未知：昨天在湖畔抓蝴蝶的女孩就是我？

已知：我正在思索，写一组诗歌
未知：谁能证明那思索不曾被别人做过，
　而写出诗歌的人就是我？

呵！所有未知的依然未知，

一些已知的在持续改变中成为新的未知。

牧/风/的/诗

牧风，藏族，原名赵凌宏，甘肃甘南人，现任职于甘肃省甘南藏族自治州州委宣传部。中国作家协会会员、中国少数民族作家学会会员，在《诗刊》《民族文学》《青年文学》《星星》《诗歌月刊》《诗潮》《散文诗》《散文诗世界》《飞天》等报纸杂志发表散文诗、新诗作品。著有散文诗集《记忆深处的甘南》《六个人的青藏》。参加第十五届、第十八届全国散文诗笔会，鲁迅文学院第二十二期中国少数民族作家创研班学员。

雪落远山

还会有冬日的壮美和梦想吗
雪线下埋藏的故事，正通过初春的手掌
流向远方

那是炽热的心呼唤高原解冻的声音
期盼让甘南的春天瞬间释放
神秘隐没在过去的哑冬里

滚动的牛羊和奔驰的神骏
还有牧人的鹰笛
都搬运到春的温暖里去

巍峨的雪山与寂静的洮水旁
那个画意未尽的人正与谁喃喃低语

牧野，本名黄昌印，原籍浙江，现居上海，是朦胧诗2.0代表诗人。有诗歌发表于各种网刊纸媒，获得过若干个诗歌类奖项。曾任中国诗歌网技术总监、上海频道站长等职。现是某网站站长兼总编，中诗协研究会理事，中国诗歌学会会员，朦胧诗社社长，中诗在线上海站长。

刀　客

走夜路的人
心里都藏着一把刀
每次跌倒，就会被刺痛

在白天不够时，我
也会在黑夜中行走
变成了黑色的一部分

每一次夜行
都会离远方越来越远
每一次归来
都会离死亡越来越近

我知道
所有带刀的人
都是有背景的

或是，被道路颠跛了脚
或是，被阳光亮瞎了眼

与所有刀客一样

走不出黑暗的人

最终，都会倒在自己的刀下

慕白，浙江文成人。中国作家协会会员。首都师范大学2014年度驻校诗人。有作品在《诗刊》《人民文学》《新华文摘》《读者》等报刊上发表。参加《诗刊》社第二十六届青春诗会，鲁迅文学院第三十一届中青年作家高研班（诗歌班）学员。曾获《十月》诗歌奖、红高粱诗歌奖、华文青年诗人奖、李白诗歌奖等。著有诗集《有谁是你》《在路上》《行者》。

海边书

我闲居已久
整日无所事事
如果你也有空
请来跟我一起去海边走走

酒只够两个人喝，人多了不行
明月还剩许多，只管拿去，只是天
在海边黑得越来越早了

我不是来度假的
我对孤独深度过敏
一风吹草动，我都深感不安
房门没有上锁，你推进去就是

昨夜桃花盛开，醒来发现又是在做梦
大家都很匆忙，谁也赶不上过去
人生有如候鸟，爱自己就是爱他人

我懒得出门，已无天命之忧
没有那么多为什么，写诗是无用的
我从没有过逐鹿中原的野心
我只珍惜眼前，我爱的和爱我的人
我和海水不一样，爱就深爱

娜夜，诗人。现居重庆。

在玉苍山

在玉苍山
我有过一声惊呼：我的影子

大雾弥漫的重庆
我已经很久没见过自己的影子了
而在我生长的西北高原
这是多么平常的事

万物有其影
我有失而复得的喜悦

我是一个有影子的人
——在碗窑古村落的戏台上
我走着碎步
甩起撩袖
用戏剧的唱腔继续念白：
在西隐禅寺它又回到了我的身体里

南 / 鸥 / 的 / 诗

南鸥，贵州贵阳人，诗人、批评家。中国作家协会会员、贵州省作家协会主席团委员、贵州省诗歌学会会长、鲁迅文学院高研班学员。

夜 读

夜色越重，灯盏越亮
打开枕边的书卷，我总是把黑夜
读成白昼。总是让汉字
温暖如初，透出体内的亮光
房前屋后的星星，总是
眨动天鹅的眼睛，再次说出
夜的秘语

那旧磁带，收留的日子
就像一排排汉字，在手指间移动
阳光返回了童年，它们也
回到初心。当记忆在午夜盛开
黎明睁开天鹅绒的绸缎
原来，那是被月光
洗过的时辰

南野，出版诗选集《时代幻象》《在时间的前方》，小说集《惊慌失措》，理论著作《结构精神分析学的电影哲学话语》《西方影视美学》《电视：影像的重述世界》《新幻想主义论述》，合作主编《中国先锋诗歌档案》等。现居杭州。

乘坐地铁

风从冰冷的身体擦过，钢铁的建筑迅速降温
奔走者捂脸遮帽漫无目的保持迷茫

我乘坐地铁穿行于层表之下，在其中看望黑暗
锐利光洁的金属容器。闪烁而过的沉思与惊愕

而酿成答案愈加犹疑。直至穿越地面
植物被用以规模化修饰，呈现超越季节的躁狂

忽而有临街窗口一个房间爆发出尖叫。火焰蹿出
那人购买了一整箱的敌人

我窥视着车窗瞬息间映照出的自己的脸
若有所思并有不以为意的刹那微笑。妄想症深入毛皮

就以此构成老虎的花纹。巨型的身躯可于此存放
我在向内观看，这无意的提示胜过一堆雷电

我独自一人以脑袋抵着墙壁
以一种姿态望及这世界的孤单。毋庸慰藉

聂 / 广 / 友 / 的 / 诗

聂广友，1971年出生于江西永丰，现居上海。曾出版过诗集《游园集》《果园来信》等。曾获奖若干。2010年创办“风月大地”论坛。

高原来信·普达措2

我们的舟在湖里划着，
我们划入晦暗的下午，无人管顾，
沉入湖水冰凉的蓝色里，能在
原朴记忆的委曲、简朴里

返回。木座基白明明的，
劈开它的寂寞，它的空，它的
无为，它的傲慢，垭口等候，
或只是在山脊依次建立。

为它的子民，应需而生，
建与不建，犹如天选，
在大地上，留下踪迹，
平凡、皈依，是人的生产、事迹。

找到两个玛尼石堆，下午，
三角旗系在风里，飘扬，
疲惫的风变得清晰、平凡，
木板的明亮照过旅人的迈过。

帕瓦龙，本名俞建勤，杭州人，祖籍宁波，生于1962年7月。主任编辑、诗人、摄影家。20世纪80年代初开始诗歌创作，代表作有《虚度光阴的生活》《断章》《夜鹭》等。出版个人诗集《站在远处看自己——帕瓦龙诗选》《大门朝西——帕瓦龙诗集2013—2015》《穿过锁孔的风——帕瓦龙诗选》《夜鹭——帕瓦龙诗集2015—2017》等。

血还是从胸口汹涌而出

一群群羊被赶上栅栏围着的大货车
它们温顺、老实，尽管推推搡搡
但还是排队上了车
它们的神态就像一群去郊外春游的孩子
“咩咩”的叫声更像互致问候
不知道屠刀在前面已经等候

我曾无数次地在坝上拍摄它们
蓝天下，它们就像落在草原上的朵朵白云
无忧无虑，一幅童话世界的景象
那一晚，我梦见杀戮染红天际
无数哀号把我围困
血还是从胸口汹涌而出

潘 / 维 / 的 / 诗

潘维，浙江湖州人，多年生活于杭州，现居上海。著有诗集《不设防的孤寂》《潘维诗选》《水的事情》等。国家一级作家。

端　午

雄黄点额的正午，
艾草招魂的时辰，
五毒骚扰着辽阔的惆怅。

汨罗江，一座水坟，
昼夜流淌着忧患与叹息，
似乎死亡还没有走完它的里程。

《天问》仍划动龙舟的桨，
用力，去追索瑰丽的情怀；
用力，去解放憔悴。

当细雨把岳阳楼捆绑成粽子，
投入洞庭湖：江豚
浮沉隐约的诗行。

门楣镇邪的日子，
画符治病的仲夏，
屈原坐在高高的墓碑上披头散发。

花园里那棵高大茂密的樱桃树

花园里那棵高大茂密的樱桃树
就要把枝头探到床头了

回家的第一个晚上睡得并不好
但看着叶子间跳来跳去的鸟
我还是涌起阵阵欣喜

如果有一天能变成它们当中的一只
该有多好啊

我还可以继续在家中的花园飞绕
朋友们还可以时不时来坐坐

想到此　我好像真的就听到谁
手指树梢说了一句　你们看
洗尘就在那儿呢

潘洗尘，当代诗人。1963年生于黑龙江，1986年毕业于哈尔滨师范大学中文系。20世纪80年代开始诗歌创作，诗作《饮九月初九的酒》《六月我们看海去》等入选普通高中语文课本和大学语文教材，作品曾被译为英、法、俄等多种文字，先后出版诗集、随笔集十二部。曾任《星星》诗歌理论月刊等刊物执行主编、主编。2009年以来先后创办并主编《诗歌EMS》周刊、《读诗》、《译诗》、《评诗》等多种诗歌刊物。曾获《绿风》奔马奖、柔刚诗歌奖、《上海文学》奖、《诗潮》最受读者喜爱的诗歌年度金奖、《新世纪诗典》李白诗歌奖成就奖、2016年度十大好诗、2016年度中国十佳诗人等多种诗歌奖项。现为天问文化传播机构董事长，《读诗》主编，天问诗歌艺术节主席。

庞/余/亮/的/诗

庞余亮，1967年3月生于兴化。著有长篇小说《薄荷》《有的人》《丑孩》，散文集《半个父亲在疼》《顽童驯师记》《纸上的忧伤》等。获得过柔刚诗歌年奖、第五届汉语双年诗歌奖、紫金山文学奖、第二届扬子江诗学奖等。现居江苏靖江。

小夜曲

在每个夜晚的逍遥
把满是汁水和唾液的黑筷子
摆成了同穴的老夫妇
共同拆卸张牙舞爪的小龙虾

留下满地的一次性手套
如蜕了皮的手指们
在虚空中弹奏……
类似这样的战栗
平衡了含冤和昭雪

三年前复建的水泥牌坊
斑驳，塌落，更像经历了几百年
偏安于茫茫岁月
在人群密集的小县城
交换着彼此的幽门螺杆菌

一退再退
退到剩下的几页格稿纸上

连诉状信也不写吧

罪和爱还沿用原名

蒲/小/林/的/诗

蒲小林，当代诗人，中国作家协会会员。著有诗集《命运的风景》《时光的背影》《十年——蒲小林诗选（英汉版）》《也不是因为风》和散文集《灵魂的声音》等。现居四川遂宁。

桃花潭日记
——给冼尘

早上和庄凌打了个招呼
傍晚时分，漫天的花，就落满
桃花潭的枝头

这就是春天了？世人皆醉
潘洗尘在大理说：
哪一盆花泥，才是我
瘦瘦的骨灰

这样的时刻，敢于为花去死的
注定是一个伟大的人
而花朵，有时是一片黑暗
有时是藏在内心的
一点光

峭岩，解放军出版社原副社长兼编审，曾任解放军艺术学院文学系主任、政委。中国作家协会会员。《中国诗界》编委会主任。中国作家书画院副院长、国际诗人笔会副主席。出版短诗集《星星，母亲的眼睛》，叙事长诗《高尚的人》《静静的白桦林》《一个士兵和一个时代的歌》《遵义诗笔记》《仰望》《烛火之殇——李大钊诗传》《跪你一千年——写给文成公主的99首情诗》《萧萧班马鸣——萧军诗传》《落红——萧红诗传》等多部，《峭岩文集》12卷等五十余部。获“中国首届新国风杰出诗人奖”、“中国当代诗人杰出贡献金奖”、新诗百年全球华语诗人评选杰出贡献奖，享受国务院政府特殊贡献津贴。

安放心灵

爱人，请把你的手
放在我的手掌里
这是你的巢
宁静与舒心共舞
这时，天空是笑的
游云踟蹰着脚步
风儿抽空了声音
站成一排花蝴蝶

这是多么好的剪影
市井的喧哗退去了
一杯龙井的绿映照一方安宁
只管眉目传情
只管灵魂交汇
心从你的右手传送过来
弹去我衣襟上的一粒灰尘
这个世界圆得动人

秦 / 巴 / 子 / 的 / 诗

秦巴子，诗人，作家。出版诗集《立体交叉》《纪念》《神迹》《此世此刻》等多部，长篇小说《身体课》《大叔西游记》（《过客书》）《跟踪记》，短篇小说集《塑料子弹》，随笔集《时尚杂志》《西北偏东》《我们热爱女明星》《窃书记》《有话不必好好说》等。主编《被遗忘的经典小说》（三卷）等。

在路上

我坐在路边休息
并不是在等谁
我大步流星赶路
也不是要追谁
前面和后面的人
都和我没有关系
有几只狗冲我叫
我置之不理
在人群里我是
被省略的那一个
就像路上的人
都已被我省略

泉子，1973 年生，浙江淳安人，著有诗集《秘密规则的执行者》《杂事诗》《湖山集》《空无的蜜》等六部，诗学笔记《诗之思》，诗画对话录《从两个世界爱一个女人》《雨淋墙头月移壁》等，现居杭州。

让你心惊的事

曾经让你心惊的事包括：
第一次意识到死亡，
以及三岁的下午，
第一次看见了老屋天井的阳光中
静静飘浮的尘埃，
第一次在两腿间发现毛发，
以及两鬓间最初的薄霜。
让你心惊的事还有：
在刚刚过去的四十五周岁，
医生告诉你
那困扰了你近半年的眼疾
是因你已年长到
不再需要任何讳言的老视。

冉／冉／的／诗

冉冉，女，土家族，重庆酉阳人。系中国作家协会会员全委会委员，一级作家，重庆市作家协会副主席、秘书长。《重庆文学》执行主编。著有诗集《暗处的梨花》《从秋天到冬天》《空隙之地》《朱雀听》《和谁说话》，长诗《冬天》《雾中城》，中短篇小说集《冬天的胡琴》。曾获全国少数民族文学骏马奖、艾青诗歌奖、重庆文学奖、全国少数民族优秀创作奖、边疆文学奖、西部文学奖等。

月　光

公路那一带
黑亮的汽车犹如河谷
她想起几天前在空中看到的高原
雪零星地铺在山头　背阴处的树木
像夏日午眠

帐篷的门敞开着　乳香
还留在发辫上　马奶酒醉坏了某个女声
她的唱腔不是月华　是万花的飞鸣
哦芍药　银莲　素装的红门兰　蓝盆花
雪水潺潺流过　弯腰就能瞅见
一张脸　初醒时那般皎洁
一张脸　入眠前那样新鲜

没有谁能劝阻　一个诗人在月夜抽丝
晶莹的丝缕从骨肉里飞出
像高高低低的蒲公英
是时候了　她走错的路停在终点
说错的话做错的事装满了汽车

低头疾行——

她要在草原中央和自己相会

任 / 立 / 的 / 诗

任立，笔名任泊语。1967年生于山东郯城，祖籍河北省南皮县。《文学高地》主编。中国当代诗歌奖（2013—2014）贡献奖获得者。诗歌作品散见于《人民文学》《诗刊》《时代文学》《山东文学》《诗潮》等国内外报刊。出版诗集《任立的诗》《郯地，以及她相关的人和城市》等。

燃烧的车票

我将一张用过的车票
投入烟灰缸中
再投入烟火
烟火燃烧去了
票上的始点和终点的两个城市
为此我想到
上次的远方旅程
成为烟了
飘散在我深深的记忆里

这曾是载我远方的车票
那烧去的地名
像两个眼睛望着我
我惊恐
又无限凄凉
在我离开的那座远方的城市
曾留下我火一样的激情
也留下我的眷恋我的遗憾
在我的归途中

我已行囊空空、一贫如洗

甚至是用灵魂

抵押我返程的车票

三色堇，本名郑萍，山东人，写诗，画画，现居西安。中国作家协会会员、陕西省文学院签约作家、中国作家在线签约作家。获天马散文诗奖、中国当代诗歌诗集奖、杰出诗人奖、《现代青年》“十佳诗人”等奖项。作品散见于《人民文学》《北京文学》《上海文学》《诗刊》《诗歌月刊》《星星》等多种期刊，入选多种选本。出版诗集《南方的痕迹》《三色堇诗选》《背光而坐》，散文诗诗集《悸动》等。

有关白色的断想

除了月光的照耀，我惧怕白色
雪花落在尘世窘迫的白，喉咙里寒冷的白，
　双鬓苍老的白
救护车呼啸的白……
如果白足够深，我将无法抵抗巨大的空寂
梨花的白，丁香的白，紫叶李的白，
　韶光爬过山脊的白
在北方那些浩浩荡荡铺天盖地的奔涌而来的白
淹没了整个春天
我在风的背面焦灼，无奈
我生怕这些白色的植物侵蚀了人间的誓言
多年后，不知我是否会倒在一个下雪的夜里

桑眉，女，祖上畲族，1972年冬生于四川邻水。中国作家协会会员、成都市文学院签约作家。出版诗集《上邪》《姐姐，我要回家》等。现居成都，供职于某文学期刊。

执 手

现在我坐下来
我们坐下来
夹杂在旧木桌、旧竹椅和陌生人之间
那只灰斑鸠比师父和香客还自在

烈日炎炎，碧荷在殿外举着伞柄
无人落座的桌椅在廊角叠罗汉
我们那两个盖碗茶盖也交叠在一起
怀中清凉信物呢？可否交付沸水

阁楼上所有房门都紧闭
晾晒的僧袍隐约勾勒主人形态
他们是另一个世界派到这个世界的人
肉身装着轻风和白云

记起来，不久前也曾生出浮云意
可当我们泼茶揖别，他却悄然拾起我的手
仿佛我是一粒崖柏
仿佛我们永远不会失散

桑 / 子 / 的 / 诗

桑子，中国作家协会会员，参加《诗刊》社第二十九届青春诗会、鲁迅文学院第三十一届高研班。著有《栖真之地》《德克萨斯》《雨中静止的火车》等诗集和长篇小说十余部，获第二届李白诗歌奖提名奖、第十二届滇池文学奖、《文学港》储吉旺年度文学奖·诗歌奖，入选中国青年出版社·中国好诗（第二季）等。

蜜蜂毛茸茸的脚趾

桃花附在阳光温热的皮肤上
雄蕊和雌蕊保持四十五度角
它们一整天都在埋葬自己的兄弟

鸟儿在枝头采集
人类为它们取了名字
可以知道它们在大地的哪个位置

但桃花无处不在
这是它们的迷人之处
蜜蜂毛茸茸的脚趾挂满了纯净的桃子

桃花站在青铜色的枝头
等着授粉者来拘禁它们
就像所有深刻的东西一样
你需要一本野外生活指南

阳光让人熟视无睹
区别只在于阴暗面

每个年代的桃花都很漂亮

它们是大地全部的生育能力

森 / 子 / 的 / 诗

森子，1962年生于哈尔滨呼兰区，毕业于河南周口师范学院美术系。1986年印制个人第一本诗集《背叛》。1991年与友人创办《阵地》诗刊，策划、主持编辑《阵地》诗刊10期，出版《阵地诗丛》十种。著有诗集《闪电须知》《平顶山》《面对群山而朗诵》《森子诗选》，散文集《若即若离》《戴面具的杯子》等。

与浪花分手

甭管有多少憧憬
我是来和浪花离婚的

我爱一个人的不够
渊深张开秀口

我还不足以爱一个人的整体
下潜的涡轮已经发动

我也没有那么多堂皇的眼泪
喂养一只寄居蟹

抱歉
上岸的死鱼有貌似的理解

我是来和浪花谈分手的
铁锚就不要了

在海水的壁橱，喝了一勺咸腥之后
我说，大海，我爱过你全家。

沙/克/的/诗

沙克，书写者，言语者。生于皖南，居住江苏。“60后”。历任报纸杂志编辑、高校兼职教授、北大访问学者等，从业于文艺研究、文学编辑及文艺协会等。文本有诗歌、散文、小说和文艺评论等。

虚拟与想象

请允许我虚拟——
慢速的火车，马灯黄莹莹地摇
粗吼的汽笛震动后窗
钢架桥上碾过燃煤燃油的蜈蚣
城市和郊区之间连着棕绷床
农田、禾苗仰望烟囱
英雄活跃在几部电影里
人与机器若即若离

把想象的脚落实
踩出铁轨、石板路的磨痛
落实十九世纪以来的浪漫本质
天大地大不如日子大
火车、轮船和飞机足够运送物质精神
请允许我不断想象
把捆绑身份的数字减少到十以内

基因、太空和互联网
落实在一副算盘珠的拨动中

少一些高铁、探头和电子
多一些孝子，事物关系简化成三角形
增强动手、跋涉及生殖的本事
有暇多造人少惹是非
天大地大不如命大

沙马，现居安徽省安庆市。现代诗歌写作者。诗歌发表于多种刊物，入选多种诗歌选本并获奖。代表作《理智之年》《个人史》。诗集《零界》《解读沙马》《泡沫时代》《某些词的到来》。

新的一年

新的一年，我将克服主观上的
缺陷，努力与客观
事物友好相处。在简洁明亮的
地方安顿好贫困的生活

新的一年，我打算做一个沉默
而干净的人，做一个
管理好时间的人
做一个给灵魂让座的人

新的一年，我将敞开自己，接纳
散落四处的每一个事物
接纳被遗忘的残骸，接纳失败
接纳绝望，重新组合成一个新的现实

新的一年，我将关注事物在诗歌
里的命运，关注诗歌在
汉语里的命运。关注
艺术风格在美的历险中的命运

新年的第一天，我将祝福自己

好好学习，天天向上

做到向每一个路过

我身边的人与事物，问候致礼

伤水，原名苏明泉，20世纪80年代中期开始跟踪汉语现代诗，出版诗集《将水击伤》《洄》两部。作品入选《中国先锋诗歌档案》《中国新诗选》《当代传世诗歌300首》《中国当代诗人100家》等五十余种选本。“北回归线”成员。教过书，办过校，编过报，当过官，开过厂，失过业，破过产；做职业经理人多年。

适 应

蓦然间就日落了
好像太阳从没有在天幕出现过
那种平静
不是教我明白，而是让我适应——
附和自头到脚的消失

我怀疑我曾经被照亮过
再有阳光时，我将仔细查看
晦暗的部位是否依然
此刻，身体颤了一下
多么奇异：又暗又亮的心境

商/震/的/诗

商震，1960年生于辽宁省营口市。职业编辑。业余时间写诗和散文随笔。出版诗集、散文随笔集多部。现居北京。

假　牙

十年前为啃一块骨头
我的一颗门牙崩掉了
好多年我也没去补
我有足够的自信
暴露自己的缺陷

后来这个空着的位置
让满口的牙都不舒服
重要的是
许多风
找到了蹿进我体内的机会

我终于去补牙了
就是装个假牙
身上有个假东西
总像在真人面前说假话
可朋友们看了都说很好
我心里清楚
不是假牙好
是假东西占到了好位置

沈 / 天 / 鸿 / 的 / 诗

沈天鸿，中国作家协会会员。高级编辑。安徽省作家协会第四届、第五届副主席。安徽省散文随笔学会名誉会长。主要著作有《沈天鸿抒情诗选》《另一种阳光》《梦的叫喊》《访问自己》《现代诗学》等。《中国当代诗歌经典》《中国新时期文学研究资料汇编》《中国现代名诗三百首》等收录了其作品。

有些星星

有些星星，可以望见
但不能攀缘

它们曾经在一起
现在，仍然相遇，但离得很远

星光似乎多余
但仍必需，尽管它已经冰凉

星光的影子里
仍然还是星光，辽阔而完整

那么多的创伤，那么多的
星星的低语

沈 / 苇 / 的 / 诗

沈苇，浙江湖州人，大学毕业后居新疆三十年，现居杭州。著有诗集《沈苇诗选》、散文集《新疆词典》等二十多部。获鲁迅文学奖、华语文学传媒大奖、十月文学奖等。

但丁的讽刺

从沙漠跌落河流
又从河流爬进沙漠

拖泥带水的人，进入
溺死鬼与木乃伊的队列

在一首回旋往返的诗中
跌落、爬行……茫然四顾

如在阴阳两个世界穿行
此刻发生的事已永远发生

孤单者渐渐变成了一群人
命运如滚滚洪流、浩浩沙漠

无休止文本：一种感叹的发展
所有罪人都是被但丁讽刺过的

盛祥兰，女，出生于吉林抚松，现居珠海。中国作家协会会员。著有诗集《偶然》《我们都是宇宙的一撇》，长篇小说《爱的风景》，小说集《流放的情感》，散文集《彼得堡之恋》《似水流年》《童年春秋》等。作品被翻译成世界语、日语，入选多种选本。

一粒种子

我四岁时，祖母是高个子
我八岁时，祖母比我高一点
我十二岁时，祖母比我矮一点
我十六岁时，祖母像八岁
我二十岁时，祖母像四岁
我二十五岁时，祖母矮成一粒种子
被种进了土里

每年四月，五里山的草木
都会复苏一次
我知道，其中有一棵
是祖母
我需要怎样的超度
才能与她相认

施/施/然/的/诗

施施然，本名袁诗萍，诗人、画家，主编《中国女诗人诗选》，出版诗集《走在民国的街道上》《唯有黑暗使灵魂溢出》等四部，曾获河北省文艺振兴奖、三月三诗歌奖等。

只有空茫的大雪配与我对饮

我喜欢写诗，让针刺进
日渐崩塌的心灵
我喜欢行走
有责任替死去的母亲
把身影拉长在更大的版图
我喜欢看柿子高高挂在
路旁的树枝上，小鸟啄破的地方
更猛烈地吸收着大自然的能量
我喜欢爱人是温柔的，在我之后
再挂断电话。我也爱我的国家
但并不打算赞美它
喜欢流泪
喜欢在伤口愈合的部分撒盐
但绝不哭泣
我喜欢在下雪天饮酒
只有空茫的大雪配与我对饮
我没有仇人。即使
你将我视为眼中钉

石人，本名石鹏飞，浙江湖州人。20世纪80年代中后期开始写诗，在《诗刊》《星星》《诗选刊》《诗江南》等刊发表诗歌，有随笔刊发《世界文学》之《中国作家谈外国文学》专栏。早期曾获《星星》《飞天》等诗歌奖十余种。浙江省作家协会会员。现居湖州。

渔父图
——致吴镇

那些远山在持续修正的险景中，被嵌入墙面。
没有年份的参观者鱼贯而入，
　在我左右伸出手指，
透过熟谙铮亮的玻璃罩，
　指认各自模糊的面孔，
而不能区别于黑白世界的真实怨望。严寒
克制住杭嘉湖的温情，每张摹片都是欢娱的幻象。

积雪的侧影下阒然无人，也没有人会去靠近
游离在饥饿以外的水墨之徒，无意回应
权势的犀利，绚丽而便于挥霍谵妄的皴染
如不可预知的卜象，瞬间断裂的纹路并不需要我
用自己的经历找到借口，向他们解说清楚。

那魏塘的体重日增，但不够一支毛笔顿下的力道，
渗透到运河，所有见过的湖泊从此失去了
居高俯视的可能，如飞鸟突然坠落，波浪泛起。
漂离的扁舟何尝不是内心放空的孤岛。
渔父忘归，他执意钓鲈鱼，哪个汀州又不是家？

漂泊得太久总会带来柔化，交付了自己的隐市
我并不觉察到一个旁观百态的乡邻，只是专注于
内心暴虐的孤独者。遥远的窗口依然有梅香
隐匿的身影。或许我能离开这些忘乎所以的人群，
进入那空白山水，哪怕留给我仅有的一次机会。

世宾，广东省作家协会文学院专业作家、广东省诗歌创作委员会副主任、东荡子诗歌促进会会长。著有《批评的尺度》《梦想及其通知的世界》《大海的沉默》《迟疑》《伐木者》等多部文论集、诗集。部分诗歌被翻译为英语、日语、俄语、葡萄牙语等发表。主编《完整性写作》，“完整性写作”主要倡导者和理论阐述人。

一块玉石胸坠

在众多的饰品之间，我最倾心
于她。晶莹、剔透
带着一丝丝的碧绿
谁在此时佩戴，谁就
拥有完整的幻觉

但世事多变，由于某次碰撞
在她的秘密深处，猛然间
有了不易觉察的裂纹
就像一声严厉的棒喝
她的一生，徒然增加了复杂性

因为爱，她的存在
或是一次深刻的提醒
这世上，不再有完美之物
她对于自己，也无能为力
而我们，不能在追求虚无中
得救，因为缺憾的世界
要求有更加深沉的活着

从这丝裂痕向内观望
可以看到：她体内唯美的匮乏
忽然产生了新的转折

舒丹丹，20世纪70年代生于湖南常德，现居广州。中国作家协会会员。著有诗集《蜻蜓来访》《镜中》，译诗集《别处的意义——欧美当代诗人十二家》《我们所有人——雷蒙德·卡佛诗全集》《高窗——菲利普·拉金诗集》。曾获广东省有为文学奖诗歌金奖、“澄迈·诗探索奖”翻译奖、罗马尼亚雅西市“诗歌大使”称号等。

和兰花一道

我感觉到了墨绿的火焰
在大片冬天的兰花和黑网搭就的棚顶之间
被阳光、轻雾，和情感的斑痕进入
如此燃烧着自己

它们在私语，以一种扎根于渊薮的语言
风起时，它们沙沙的回音
有一种深沉的釉质的光
——它们欢喜充当彼此生命的倾听者

我见过它开花时的神采
即使此刻，在我眼前仍是光华
那瓷实的叶脉所持守的精神，正无声说服
我们也终将从时间的折损中渐渐康复

我站在兰花中间：等待着，和它一道盛开
而它伸展的手臂是一种应许
轻轻晃动我心上的小小沙漏——
如倾吐，如承接，如永恒的知己

舒 / 羽 / 的 / 诗

舒羽，诗人、作家，大运河国际诗歌节创办人。浙江杭州人，20世纪70年代末出生于桐庐，曾任浙江电视台主持人，2011年在杭州拱宸桥畔创办舒羽咖啡馆。著有《舒羽诗集》《流水》《做一只充满细节的蜗牛》，另有作品发表于《世界文学》《中国国家地理》《南方周末》等。

芙蓉湖

是一个水中花旦的芳名；芙蓉，
是芭蕾舞姬的一次转身划出的
一道欲望的弧度，友善的距离；
是一粒封建的盘扣，束紧
莫奈依恋的完美的颈项；
是梦中的胭脂鸟，自莲花峰下
衔来的一段水红的青阳腔
昭告夏日水泽仙女的莅临；
是印在白鹭那蹁跹的身影中
无暇的痛苦；任杨柳轻咬
多情的发辫，你是群星共舞
荡漾着神秘节律的环形剧场
所包裹着的一枚绝对的形体。
美是普度众生的善意。而你，
是花中四君子容不下的
一口酥软的发音，你是
寂静的中心，破阙的歌。

我的房子

黍不语，20世纪80年代生于湖北潜江。获《诗刊》2018年度陈子昂青年诗人奖、第三届扬子江年度青年诗人奖等。参加《诗刊》社第三十五届青春诗会、《十月》杂志社第七届十月诗会。著有诗集《少年游》《从麦地里长出来》。

由于厌倦，我更加足不出户
每天，我待在我的房子里，和我的房子一起玩耍
有时我们也静静等待
祈祷意义，和一些善良的雨
有一次雨下得太久，雨水哗啦哗啦，
　堆在房子周围
那明亮的流泻像时间
我的房子因此堆满了时间
我起身走向它们，看到我身后的身体
制造出大而汹涌的波浪
我的房子随着波浪在倒影中摇晃，不断变形
几乎像要碎裂
我的房子不发一言
我的房子承受着我，承受着时间
有更加隐忍的美，更加隐蔽的坚固

我的房子总是比我沉默得更久。

树/才/的/诗

树才，诗人、翻译家。1965年生于浙江奉化。现就职于中国社会科学院外国文学研究所。已出版《单独者》《树才诗选》《节奏练习》《春天没有方向》《去来》等诗集；译著有《勒韦尔迪诗选》《夏尔诗选》《法国九人诗选》《小王子》《杜弗的动与静》《雅姆诗选》等。2008年获得法国政府的“教育骑士”勋章。

早　神

早晨是一位神
他的床是大地

早神早早就起床了
我们却听不见闹钟

早神唤醒了太阳
轮胎滚进了街道

屋里总是有一些动静
回笼觉只属于少数人

早神驱赶大多数人奔向
公交车站地铁站火车站

早神好像在布置什么
太阳凭空被搬到天上

霜扣儿，黑龙江人，百年散文诗大系《云锦人生》卷主编。《新诗百年——全球百位华语女诗人诗歌精选》主编。文学作品见于各大诗歌刊物，多次在全国征文中获奖。著有诗集《你看那落日》《我们都将重逢在遗忘的路上》，散文诗集《虐心时在天堂》《锦瑟十叠》（五人合集）。

流逝在上

在河沿静坐的人，有一颗多么寂寞的心
那冷的风，那些没有姓名的脚印

天空是从前的那片，浮云相连
凝视的人以眼神变幻，
　变幻的事物被微风吹远

一条河道伸在时光之中——在河沿静坐的人
是否顺着它把自己带到了终点

暮春的余晖从河道爬上来，天空倒入混沌
浮云的剪影碎在昏睡的鱼群

描写河沿的人，有一颗多么寂寞的心
那冷的风，那些留不下脚印的姓名

宋晓杰，生于辽宁盘锦。已出版各类文集二十余部。一级作家。曾获第二届冰心散文奖、2011年度华文青年诗人奖、2009年冰心儿童图书奖、第六届全国散文诗大奖、首届“紫金·江苏文学期刊”《扬子江》诗刊奖、辽宁文学奖等。参加过第十九届青春诗会，“鲁迅文学院第七届中青年作家高研班”学员。2012—2013年度首都师范大学驻校诗人。

斑　马

“它受困于自己光亮的围栏，
活在由不被理解的自由所造的飞驰的
牢笼里……”
——条码明晰，如炮烙
有迁徙、讨伐之苦！
自身的辎重，就是紧身衣

有人说：幸福，取决于水桶的最短板
止不住流水，当然也挡不住风声
划弧，如滑雪运动员
巧妙地绕过阻碍，身轻如燕

线性的秩序，是生命的护栏
——凡长久的，均有限制
它一生下来，就企图摆脱约束
但激情只是小风波
黑白如爱憎，永远无法趋近
只有不易察觉的
小小倾动

孙思，女，诗人、评论家，《上海诗人》副主编。著有诗集五部。有诗被收录于百种各类诗歌选本。诗集《掌上红烛》《聆听》《一个人的佛》分获2015、2017、2018年度上海市作家协会会员优秀作品奖，诗《浦东·浦东》获2018年改革开放四十周年诗歌大赛金奖。2017《现代青年》年度人物·最佳诗人。有诗评获《诗潮》2017年度诗歌评论奖，散文评论获第七届冰心散文理论奖。

一绺发

三绺梳头，两截穿衣
如果是一绺呢，从鬓上落下
剪和刀谁忍心

无绺不遮花
说的是几绺，江南风景才依稀

看一绺发落下
除其清凉和温柔，我们有无听到
它的饮泣声，如同听古曲
听情，而非听音

而更多时候
我们愿意把它跟一个名字靠拢
靠拢了，一绺发就会住着一城的风
一城的风在发上刮，人间烟火坐在云端

待得一绺发从青到白
那些过往，那个一直住在心里的人

他还能不能让她心乱

活着时，他是她的洞口
坐在这样一个洞口，他不知道
她一直无家可归

唐成茂，国家一级作家，中国作家协会会员，中国诗歌万里行组委会副主任，《中国诗人》杂志主编。曾在《十月》《诗刊》《人民文学》《青年文学》《人民日报》《光明日报》《解放军报》等报刊发表文学作品，出版十一部文学专著，获俄罗斯作家协会“普希金诗歌奖”等奖项。

一枝花挂上枯枝亡命天涯

暴雨中的落红
还有薄荷的清凉
还有女人的妩媚
还有贵妃的丰满
还有诗词的况味
那命悬一线扯着天空要断不断的生命
吊死一个朝代

花朵上匍匐着的蝴蝶
穿前朝遗老的布衣
解不开跨朝跨代的胭脂扣
心已旧　人空瘦
就是有再多成年的眼泪　也哭不回故园
逝去的温柔
只有回眸一笑的故事
将弯曲而锈蚀的坚持　挂上枯枝

一枝花朵亡命天涯
天子一命呜呼

那河山断裂的声音

被宋朝的雄风和诗词　轻轻敲打

之后的后庭

宫女还很轻　很薄　也很嫩

宫女唱出的落红之歌

还很浅　很白　很瘦弱

唐刚，原名唐岗熙，重庆奉节人，夔州新诗研究会会长。1975年开始文学创作，著有诗文集五十五部。个人词条录入《中国诗人大辞典》等。2017年获“中国新诗百年百位最具活力诗人”奖。迄今在《诗刊》《星星》《人民日报》《秋水》等发表诗作近两千首。2016年将四十年积攒的稿费二十万元捐出，设立“唐刚诗歌奖励基金”，首届“唐刚诗歌奖”于2019年5月在“诗城奉节”隆重颁发。

骑　士

骑士，是个高超的骑手
善骑更善射

他善骑千里汗血宝马
他善射九天大鹏飞雕

他骑汗血宝马
可日走千里，夜行八百

他射大鹏飞雕
能一箭双鹏双雕

他有时也会马失前蹄
他有时也会一箭射空

总之，总之
骑士终究是骑士

马失前蹄，他继续骑汗血马

箭镞射空，他依然射鹏射雕

长路之上，他更射
虎狼之辈，缺德之徒

田放，中国作家协会会员。出版个人诗集五部、文集两部。有诗作发表于《鸭绿江》《天津文学》，美国《休斯敦诗苑》等国内外报刊。作品多次获奖和入选《中国网络诗歌史编》《五月的祈祷》等诗集，也被网络诗刊和微信平台多次选发。

有这样一个女人

她像一缕剑麻
背负着古老的岁月
任沉重的车轮从胸口压过
勃勃的生机却不曾枯萎

她最鄙视那些
只会躲在墙角纳鞋底的女人
常常打开窗户去研究街景
每当听到飞燕报春的啁啾
她便笑出两腮红霞

她早就学会抚平创伤
即使腥风浸泡了腰椎
也决不弯下腰去走路
晚上睡觉前点上支蜡烛
已成为她多年的习惯
因为她希望　就是半夜醒来时
看到的也全是光明

田君，中国作家协会会员，河南省诗歌学会副会长，鲁迅文学院第三十二届高研班学员，现供职于河南省信阳市文学院。在《十月》《诗刊》《中国作家》《诗歌月刊》《星星》《扬子江诗刊》《诗潮》《红岩》《绿风》等百余家报刊发表诗歌作品近千首。获得过《莽原》文学奖、曹植诗歌奖、楚天文艺奖等征文奖十余次。

抽屉私语

仅仅一墙之隔
外面，就是全世界

而我，今天只关心自己
一具凌乱的旧身体
像被抽离原位的木抽屉

一棵树，或者一片森林
我只做过其中的一小截
曾经也严丝合缝

如今，只剩下了一个木头的名分
只有梦里才能够偶尔回一趟前世

张伟锋，笔名土木，中国作家协会会员、鲁迅文学院第三十七届中青年作家高研班学员。1986年生于云南省临沧市，2003年开始文学创作，有大量作品在《人民文学》《诗刊》《民族文学》《大家》等刊物发表，著有诗集《风吹过原野》《迁徙之辞》《山水引》。曾获第三届刘伯温诗歌奖、2018年度云南省优秀作品奖、2014年“滇西文学奖”。

我该怎样哭泣，才能止住悲伤

我该怎样哭泣，才能止住悲伤。
　那具散发着温度的
静静地躺在病床上的尸体。
　是你的，真真实实地，是你的

时间的裂痕，终于出现。它在你和我之间
制造了巨大的深谷，你乘着洁白的羽毛
轻轻地飞向天宇，我站在岩石上不停地坠落
不停地坠落

一个在天上了，一个在地上了。一个在白天了
一个在黑夜了。一个在现实里了，
　一个在悠远的梦里了
以后的年年月月，我即便看见你的笑脸和愁苦，
　看见你的任性和包容
看见你伸手拥抱我，也无法再紧紧地搂住你

我该怎样哭泣，我该怎样呐喊，我该怎样抗争

才能制止永远地失去你的悲伤。回忆的阀门全部碎裂了
往事的浪潮打得我人仰马翻。已经再也没有人来搀扶我了
我也不再需要有人来搀扶了

瓦刀，1968年生于山东郯城。曾在《诗刊》《诗选刊》《星星》《扬子江诗刊》等文学期刊发表诗歌及随笔，有作品被译介在国外刊物发表，入选多种年度选本。已出版诗集《遁入》《泅渡》《瓦刀诗选》等。荣获第三届“沂蒙文艺奖”、第五届“中国当代诗歌奖”、《时代文学》2013年度诗人奖等多个奖项。

楼宇之诗

禁止养狗，不能拒绝
鼠类的出入。同为鼠辈
为什么鼹鼠比老鼠可爱
土拨鼠比金毛鼠能干

热衷与世长辞的人
未丧失对一座楼宇的热爱
每个人都有裹不住的心事
像水晶里的水草花

楼宇里没有风景
有上坡和下坡，草木葳蕤
兰草，比茅草精致
含羞草比墙头草好看

汪 / 剑 / 钊 / 的 / 诗

汪剑钊，1963年生，诗人、翻译家、评论家。中国现当代文学专业博士。现为北京外国语大学外国文学研究所教授、博士生导师。主要出版物有著译《中俄文字之交》《阿赫玛托娃传》《二十世纪中国的现代主义诗歌》《诗歌的乌鸦时代》《比永远多一秒》《汪剑钊诗选》《俄罗斯黄金时代诗选》《俄罗斯白银时代诗选》《勃洛克抒情诗选》《二十世纪俄罗斯流亡诗选》《普希金抒情诗选》《曼杰什坦姆诗全集》《茨维塔耶娃诗集》《没有主人公的叙事诗——阿赫玛托娃诗选》等数十种。

伊雷木湖

到了秋天，湖水已经很凉，
虽说尚有夏天的余温，
从车窗向外看去，一轮血红的夕阳
撞击着戈壁滩上的砾石，
不免为人生感慨，不免
恣意联想，想象伊雷木的内心多么寂寞，
堪比沙漠中的一棵绿玉树。

远眺，黛色的岬角阻挡了视线，
唯有白杨的羽毛在闪烁，
我听见簌簌的苇草在低语：
伊雷木，伊雷木实际是一个美的旋涡，
储存了一亿光年的眼泪，
可以把阿尔泰山冲刷成平原，
湖底的钻石将点燃一座隐性的火山。

一只野鸭在水面凫游，
划动双蹼，打捞星星碎片似的波光；
湖边的山羊发出咩咩的叫声。

伊雷木，来不及与你握手告别，
捡一块石头揣在怀中，
我相信，风带走的一切，
雨必定会还给它。

王 / 夫 / 刚 / 的 / 诗

王夫刚，诗人，1969年生于山东五莲，现居济南。著有诗集《诗，或者歌》《粥中的愤怒》《正午偏后》《斯世同怀》《山河仍在》和诗文集《落日条款》《愿诗歌与我们的灵魂朝夕相遇》等，获过齐鲁文学奖、华文青年诗人奖、柔刚诗歌奖和《十月》年度诗歌奖。中国作家协会会员，首都师范大学驻校诗人，山东省农业管理干部学院客座教授。

乡村来信

乡村来信了。在报纸和公函堆里
家书的政府评估是八分钱
收发室千篇一律，邮递员
偶有好奇——这里居然有小刺猬的

亲戚或者朋友。邮递员像局长一样
把信对着阳光审查了半天
这个运送头版新闻的家伙
对不加密的生活没有任何企图

老作家赞美驿路梨花，新青年
没读过鲁迅的情书原件——某某兄
其实是一个日后修订的称谓

吃煎饼的小刺猬在信笺上画了
一枚唇印：吻，有时是动词
有时是信封里的动词停下脚步等候绿灯

王 / 立 / 世 / 的 / 诗

王立世，中国作家协会会员。在《诗刊》《中国作家》等报刊发表诗歌一千多首。作品入选《新世纪诗典》《双年诗经》《中国新诗排行榜》《上海诗人十年精选》《21世纪世界华人诗歌精选》等七十多种选本。获第二十五届鲁藜诗歌奖、第三届中国当代诗歌奖（2013—2014）等数十种奖项。

一江春水

说她是一江春水
我只是她水中一个影子
与她的亲密
胜过水上那些鹅
水的冷暖
鹅知我知
但鹅没有我彻骨
水的清澈与浑浊
鹅知我知
但鹅没有我分明
风一吹
水波涌起，鹅毛抖动
我这个影子也动荡不安

王 / 学 / 芯 / 的 / 诗

王学芯，生于北京，长在无锡。中国作家协会会员。参加《诗刊》社第十届青春诗会。获《萌芽》《十月》《诗歌月刊》年度诗人奖，获《中国作家》《扬子江诗刊》双年度诗人奖，获《诗选刊》《现代青年》年度杰出诗人奖，《空镜子》获中国诗歌网 2018 年度十佳诗集奖。部分诗歌译介国外，出版个人诗集《可以失去的虚光》《尘缘》《空镜子》《迁变》等十一部。

寻找池塘的鸟

一只鸟从蚂蚁的洞口望去
望向深深的地底　用嘴喙
试图挖掘点什么东西

一只鸟清楚地记得这个洞口的位置
有着一座池塘　片片云彩
曾在水面上腾起

仿佛还有比例的层次
四周的空间　纷杂斑斓　远处的
村庄紧贴着完美的树丛

而颈子和腰线上的蓝色羽毛
从水波上一掠过　就有透亮的光线
挂上了树梢

现在鸟找不到池塘　过来又过去
它只看到蚂蚁的爬动　川流不息地
在自己的食物里忙碌

蚂蚁的洞口很小很深

那里没有尽头　地下的池塘

也许是个空心的幻觉

王 / 跃 / 强 / 的 / 诗

王跃强，《中国诗人》杂志社社长。著有诗集《词语的拂晓》等多部，诗歌作品多次获奖并入选三十多种重要诗歌选本，主编《中国民间诗歌读本2018诗歌卷》。

站在秋天的残骸上

厚厚的落叶淹没了大地
秋天，已是一块越走越远的墓碑
时间像稻粒里悄无止息的文字
在生活的餐桌上咀嚼被收割的痕迹

站在秋天的残骸上，树已成山
风刮走的远不止果香、蝉声和晴空
还有攀爬在我灵魂上的肉体
天空苍茫，它无处不在的眼睛
注视着大雁飞过的背影中
一朵菊花的诞生与凋零

大雪就要封山了
我必须把秋天的残骸收拾好
连同落叶堆积的墓碑
连同掉在桌子上的那颗米粒
连同爬在我灵魂上的肉体
没有了这些，冬至后的日子
一定会更冷

王自亮，1958年生，台州人，浙江工商大学教授。出版过诗集多种，并多次获奖。部分诗作被翻译成英语、西班牙语、意大利语。

人不能到达的地方，以思抵达

那是一些什么地方呢？
石鼓文的狩猎季节，雨水抹不去的蹄印，祭祀的语气。
肯尼亚草原微风吹拂下的豹子胆。
绥芬河车站保留的白垩斑点。
大马士革旧城马赛克图案里的爱情故事。
战争时期留在县城钟楼的枪战弹痕。
那是一些什么时刻呢？
黑暗时间里的血滴与汗水。
正午大街上狂歌与呕吐。
黎明时被琥珀围困的昆虫起义。
傍晚，陪护机器人注视下的——
反回忆。

微/雨/含/烟/的/诗

微雨含烟，女，本名李维宇。中国作家协会会员。辽宁省作家协会签约作家。曾获辽宁文学奖诗歌奖。参加《诗刊》社第二十九届青春诗会、第十七届全国散文诗笔会、首届星星·散文诗全国青年诗人笔会。鲁迅文学院第三十一届高研班学员。出版诗集《回旋》。

守望虚无

为了一个无望的约定
她在芦苇的低头中推迟了
向落日致意的决心，为了
守住一个虚无，她将夜晚过成无限期
但是啊，风吹大地
每一个角落，都在上演着重逢
她不时掏出旧手帕，擦一擦
锈掉的影子
列车送一个人去美好的地方，
　将长长的身影融进夜色
这苍白的一天
多像你从不肯在她面前穿起的白衬衫。

蔚 / 翠 / 的 / 诗

蔚翠，中国作家协会会员，北京作家协会会员，中国诗歌学会会员。《伊甸园》诗刊副总编、卢沟诗社副社长。作品散见于《诗刊》《人民文学》《北京文学》等多种报纸杂志。出版诗集《与自然的对话》《春暖花开》，作品入选多种合集。曾获"东丽杯"全国鲁藜诗歌大赛二等奖、北京市五一"身边"文学奖一等奖等多种奖项。

琴·爱

抹得迟滞、犹疑
然后一拨三颤，抵达层层叠叠的情感
它又演绎春天的别离
它又一步跨过一条河的相思
它又被孤独的剑
刺中。这一别竟是一生不见
你结婚了，我也是
而爱情只是空中风的指认

手指的上挑，带着余音跳出来
我的掩饰无从遁形
夕阳弥漫，结好的疤渐渐
露出，鲜红、娇嫩
于是，准备了一辈子的话开始急速地跳动
从一根弦跳到另一根
从十八岁跳到知天命的年龄

巨大的风浪形成旋涡

泥石流和滑坡堵塞住时间的
通道。你俯下身子哭
你将失去的岁月摁在弦上
反复揉、狠命地揉。许久
你抬起头来，长长呼出一口气。琴弦垂下手指
在掌声中终于如释重负

温青，河南省息县人，中国作家协会会员，曾获第二、三届河南省文学奖，第二届杜甫文学奖，第三、六届河南省政府文艺创作优秀成果奖，第五届全军网络文学大赛一等奖，第十二届全军优秀文艺作品奖，“华语新诗百年百位最具实力诗人奖”等。鲁迅文学院第二十届中青年作家高研班学员。

一只鸟巢暴露了人世的秘密

首先要弯曲和柔软
一些难免尖锐和垂直的事物
不能过硬，过长
周而复始，向每一次屈就的圆满
不断低头

世界如此混乱
又如此顺利地绕自我一周
占据能够承担一个家庭的树冠
就是一生的追求
更多的危险，并不在高处

那些捣蛋的人类
早已不会爬树

吴 / 少 / 东 / 的 / 诗

吴少东，安徽合肥人，中国作家协会会员，曾获2015年“中国实力诗人奖”、中国2018年度十佳诗人奖、《现代青年》杂志社“2018年度最佳诗人”等多项诗歌奖，有多首诗译成英、法、韩等国文字交流或谱曲传唱。早期诗歌结集于《灿烂的孤独》，出版地理随笔《最美的江湖》，诗集《立夏书》《万物的动静》等。

烈　日

礼拜天的下午，我进入丛林
看见一位园林工正在砍伐
一棵枯死的杨树。
每一斧子下去，都有
众多的黄叶震落。
每一斧子下去，都有
许多的光亮漏下。
最后一斧，杨树倾斜倒下
炙热的阳光轰然砸在地上

吴 / 投 / 文 / 的 / 诗

吴投文，文学博士，主要从事中国现当代文学研究。在海内外报刊发表诗歌数百首，发表论文与评论一百五十余篇，出版诗集《土地的家谱》《看不见雪的阴影》和学术专著《沈从文的生命诗学》等，有诗歌入选多个重要选本。

屈原日

常在河边走，峨冠博带
江流鼓荡着音乐奔向我
五月，我的身体渐渐变轻
嶙峋的草木掩住我的脚印

诅咒我的人在朝堂里宴饮
江山打着饱嗝，真好！真好！
我长笑，报以一个喷嚏
世间从此无我，剑在匣中呜咽

离骚如何，天问又如何？
我掀开一江水的清波又如何？
郢之远，黍之悲，国有殇
且忍住哭，泪水是空的

而我长笑，归去也，归去也——
清风里有我的魂，流水上有我的坟

吴／昕／孺／的／诗

吴昕孺，本名吴新宇，湖南长沙人。诗人，作家，编审。出版诗集、散文集、小说集、长篇小说等著作二十余部。曾赴台北参加第二十三届世界诗人大会，现为湖南省诗歌学会副会长、书评委员会理事，任职于湖南教育报刊集团。

父亲节怀想

过去的十四年，你的身体
隐藏在故乡的山水里
只给我留下一张
照片：头发戟立，抿着嘴
为配合拍摄炮制出来的微笑
依然铺着严厉的底子
你的青色上衣有一周没洗了吧
那粒风纪扣特别惹眼
它把你紧紧扣在
早已僵化的风纪上

你追上来打我的时候
手高高扬起，嘴张得老大：
“瞧你这德性
烧成灰，我都认得！”

正如你所言，你化成了灰
我们也永远认得你
哪怕你破天荒学会了打扮

因故乡的山水日益明丽
而且，我珍藏着你当初的愤怒
害怕丢失它
将让你不再记得我，而只是说
这个人面熟，应该见过

吴／玉／垒／的／诗

吴玉垒，本名吴玉磊，曾用笔名偶尔、恪一客等。山东人。中国作家协会会员，泰安市诗歌学会会长，《泰山诗人》杂志主编。在国内外文学报刊发表诗歌、评论数百篇（首），近百首诗作入选多家权威选本，有作品被译介到国外。出版个人诗集两部。

黑得吓人的乌鸦

必定有一种仰望
让天空脱下炫惑

必定有一种静默
让灵魂回到枝头

自从我认识了那只乌鸦
我就坚信——

必定有一种黑
能把阴影漂白

必定有一种鸣叫
让世界屏息一瞬

一瞬就够了。那时我已经长大
我知道在每一座人类的公园里

总会有一只乌鸦，因为黑
得吓人，而不被我们发觉

西棣，诗人，高校教师，现居兰州。著有诗集《与落日一起退场》《从你的舌尖醒来》等。

迎着春天绿色的铃声，走进蜜蜂的课堂

奔跑着，双腿像猎枪一样
射到的，全都倒了

没有射到的，因为激动
像蜂群般地涌入

每一天都是星期天
只要我们高兴

不管你们是否愿意
每条街，都能拐进春天

每走一步，我们都抱在一起
用开花向你们示威

即使太阳的酒被你们没收
我们也要跨过黑夜去酿造光的意义

海，向着星光聚拢
更多的，越来越多的

迎着春天绿色的铃声
走进蜜蜂的教室

在学习爱的时刻
便是自由的地方

西/渡/的/诗

西渡，1967年生，诗人、诗歌批评家，清华大学教授。北京大学文学学士、清华大学文学博士。1967年生于浙江省浦江县，1985年考入北京大学中文系，大学期间开始写诗，20世纪90年代中期以后兼事诗歌批评。曾获1997年度刘丽安诗歌奖、《十月》文学奖、东荡子诗歌奖·批评奖、第六届“长江杯”江苏文学评论奖暨第五届扬子江诗学奖等。

琴 师

人俯身于一张琴
仿佛俯身于自我，
而青山俯身于人，
仿佛俯身于深渊。

天地沉默如一场空，
万汇倾心于人的
怀抱，一场细雨淋湿
他与自身的交谈。

五十根弦上，琴心
如波心，波心如自心，
自心如日月之转丸。

肃然的后背之上
星空旋转如一团火，
听取千年一叹。

西 / 娃 / 的 / 诗

西娃，诗人，高级芳香师。

瘟疫里的天堂

来自美国的印裔骨科医生
给我们讲完，精油在骨科上的
运用，滑动屏幕——
一位黑瘦老修女的图片

当药物起不到任何作用时
却不妨碍我们，去
做一个把目光放在低处的好人

他指着满脸皱纹的修女
“在一次瘟疫中，她和修女们
把几个垂死的瘟疫患者
搬进修道院，为他们洗干净身体
穿上干净的衣裳，一遍遍
抚摸他们的肌肤
瘟疫患者渐渐失去恐惧
“我竟然在瘟疫里，看到了天堂”
一位粗壮的硬汉，冲她叫了一声
妈妈，安详离去

医生双手垂立，像在哀悼
在他的哽咽里，我们知道了
这位修女，是他的高祖母……

向 / 以 / 鲜 / 的 / 诗

向以鲜，现居成都。诗人、四川大学教授。有诗集及著述多种，获诗歌和学术嘉奖多次。20世纪八九十年代与同仁先后创立《红旗》《王朝》《象罔》等民间诗刊。

制鼓的老人

他已经很老了
老得再也抡不起斧头砍倒
一棵比他更老的柏树

老得再也无法看透
一张水牛皮是十岁的牛皮
还是八岁的牛皮

制鼓的老人
想用自己那把老骨头拼一架
有几分骨气的鼓腔

用饱经苦难和风雷的人皮
做一副鼓皮，给寂寞的世界
留下一点儿响动

潇潇，诗人、画家。出版诗集多部。作品被译成德、英、日、法、韩、波斯、阿拉伯、孟加拉等国语言。获多项国内外诗歌大奖，如罗马尼亚阿尔盖齐国际文学奖等。潇潇是第一个获得此奖的亚洲人，并被授予罗马尼亚荣誉市民。

自然主义诗篇

真的很糟糕
在一个又一个城市
蜻蜓点水，研讨开会
在一个又一个城市
排排坐，吃果果
领取一些
自欺欺人的裙带奖杯

把长白山
葱葱郁郁的诗意
全部搞丢了
半死不活的句子
鬼画桃符

而那里，每一片叶子
每一棵野草，每一粒榛果
每一只小昆虫
或者阳光中的小尘埃
轻轻一动
就是一首让人心跳的诗

晓／弦／的／诗

晓弦，名俞华良，作品散见于《诗刊》《十月》《星星》《上海文学》《北京文学》《四川文学》《诗歌月刊》《诗潮》《人民日报》等刊物，系《读者》乡土版签约作者。公开出版《考古一个村庄》《初夏的感觉》《梨花情》等六部诗集，获2017年中国散文诗“天马奖”、首届“新能源杯”国际诗歌大赛特别奖等诗歌征文奖七十多次，入选中国作家协会创研部主编的年度诗选等全国性诗歌选本三十多次。获嘉兴市人民政府第八届、十届、十一届南湖奖，系浙江省作家协会全委会委员、中外散文诗学会副主席、世界华文爱情诗学会副会长。

收尾的人

那个夏日，我的外祖母
在空落落的田地，寻觅
被遗落的那些谷穗
仿佛她豁口的牙床，正在寻找
早年走失的牙齿

那些追赶季节的男女
弯垂着汗湿的身子
用成捆的稻子，去喂
成天亮起嗓门的打稻机

戴着帐篷的打稻机
带领木偶样的男女，大干快上
却懒得去想一下
齐刷刷吃掉的
是一些，怎么样的头颅

而我的外祖母，远远地
被甩在蓬头垢面的打稻机后面

她像季节懒于收割的一棵稗草

干着那些自以为是的人，尚未干完的事

许多事情

开始干的人，多如蝗虫

后来便成了

一个人的残局……

笑嫣语，生于山东，现居深圳。诗作散见于《诗刊》《星星》《作家》《诗选刊》《诗潮》《诗歌月刊》等刊物。作品入选多种年度最佳选本。著有个人诗集《临窗的事物》。

杜弗之光

长廊有昼夜温差，在七月
一格一格的光线垂直于墙体落下来

不会再涨潮了，看不见的海水形成统一角度
往两个方向延展，
　而窗子在交替发出　褪色的声响

走动的白玫瑰一朵朵，在波点曲折的夜晚盛开
男人的目光顺着花香行走，这条长廊是他眼中

唯一能发光的事物，真实的谎言系在花瓣上
什么样的苍白注入墙体内，使它们得以

在虚弱中旋转，怎样的力量推动圣洁的窄门
让其形体不断尝试接受新生光线的补偿

我坐在长廊的另一端，在软硬交替的垫板上
在你置身局外的暗礁中，
　一个人走进新鲜的事物内部

走进一座怪诞的铠甲森林，经过皇岗路
颠簸的音符奔跑在噪音的裂缝里

不为人知的痛点，在病历中写下一页黑白记
在我想象的蓝色码头，杜弗再次锁紧自己的身体秀实，世界华文作家交流协会诗学顾问，香港诗歌协会会长，《圆桌诗刊》主编。著有诗集《婕诗派》《台北翅膀》《像猫一样孤寂》，诗歌评论集《散文诗的蛹与蝶》《画龙逐鹿》《为诗一辩》等。并编有《灯火隔河守望——深港诗选》《风过松涛与麦浪——台港爱情诗精粹》等诗歌选本。于诗生活网站 poemlife.com 开设有诗歌专栏《空洞盒子》。

秘密基地

秘密是我们饲养的一头来自远古时代的
蜥蜴。它拥有四季的全部颜色，
　桃红柳绿枫黄雪白
它自足，只栖息于一条枝丫之上
我喜欢它那种看事物的态度，左目情深而
右目常有一片落叶飘过

蜷曲的舌属本能，它的吻必然包含
吞噬之爱。舌长而安静是美德
且让腹部常有饱暖的沉重
让肌肤角质化也是美德，可以
保护着丛林之爱在一场大雨中

叶葱郁而花芬芳可栖之枝即为生存之基地
节与节间的屈曲为一种动人的
姿势，能互补或能诱惑
这是最文明的话语然后让我可以安然
入梦。它会缓缓移动，但离不开枝丫

徐澄泉，1962年生于重庆万州。中国作家协会会员，乐山市作家协会副主席。出版《纯与不纯的风景》《寓言》《一地黄金》《谁能占卜我的命》等七部诗集。参加第十三届全国散文诗笔会。现供职于犍为县政协。

苏雪林：荷锄执壶踏月归

一个人是一群人的影子
苏雪林是武汉大学的影子
1941年秋，在乐山
苏教授又成为一座山的影子

夕阳把最后一抹余晖抛在老霄顶上
苏教授左肩荷锄，右手执壶
踽踽下得山去
一条瘦长的人影
没入陕西街的夜色里
叮咚井泉水幽咽

今夜月色姣好
她打算做两个好梦，慰劳自己
一个梦，为刚种下的蔬菜浇肥
一个梦，为珞珈山写一封长信

徐 / 俊 / 国 / 的 / 诗

徐俊国，首都师范大学驻校诗人，北京大学访问学者。著有诗集《鹅塘村纪事》和诗绘本《你我之间隔着一朵花》等六部。获华文青年诗人奖、冰心散文奖、汉语诗歌双年十佳等。现居上海。

春天：致一场大梦

春天是一场大梦，
万物萌发，人穷志短。

似乎毫不费力，
我在集体主义的狂欢中，
长大成人。

我的女同学，乳名叫孤独，
她活过了美的分水岭。

当年怀春的人，
此刻在哭春。

树梦见斧子砍过来。
哦，站在锋利的时间面前，
是一件多么危险的事！

徐庶，中国作家协会会员、重庆文学院签约作家。历任报刊副总编、县文联副主席。著诗集《骨箫》《红愁》《梦落花》。鲁迅文学院第二十九届高研班学员。作品载《人民日报》《人民文学》《中国作家》《青年文学》《民族文学》《诗刊》等。获冰心散文奖、曹植诗歌奖、中华文学奖、“秋浦河杯”李白诗歌奖。

大风呜咽

看似不占片瓦
静止时，天下都是他的

他起身，悲哀过于庞大即是
没有一间房子
可以容得下

他的贪心压坏了天平
也压坏了良宵

呜咽何用，一场暴雨
让他出门前还得扫好地

想顺手牵一只羊替身，或抓点什么
轻贱之物瞬间
现了原形

轩 / 辕 / 轼 / 轲 / 的 / 诗

轩辕轼轲，1971年生于山东临沂，作品入选多种海内外选本，获2012年度人民文学奖、北京文艺网第三届国际华文诗歌奖、第七届天问诗人奖、磨铁诗歌奖“2017年度中国十佳诗人”等奖项。山东省作家协会签约作家，临沂大学文学院特聘教授。著有诗集《在人间观雨》《广陵散》《藏起一个大海》《挑滑车》《俄罗斯狂奔》。

谁说达摩面壁无聊

见我写的一组日常生活
一位美国女诗人惊呼
“天哪，过这么无聊的日子”
我只好实言相告
“达摩面壁更无聊”

雪 / 迪 / 的 / 诗

雪迪，生于北京。出版诗集《梦呓》《颤栗》《徒步旅行者》《家信：雪迪诗选》，著有诗歌评论集《骰子滚动：中国大陆当代诗歌分析与批评》，出版英文和中英文双语诗集九本。作品被译成英国、德国、法国、日本、荷兰、西班牙、意大利等国文字。

遗 忘

在六年的干旱中
望船。河流变短

在异地的迷路人
说另一种语言

与自己更近
当地的景色

石头里的烟，晚餐时
进入一扇空墙

那时客人起身
河流在无船的地带

涨潮，与家乡更远
说另一种语言

询问归途。一群灰鸟

带着大陆的干燥

寒冷，从遗忘的水晶体
透明的、陌生的事物中飞来

雪克，主编过诗报、诗选，出版过诗合集和个人诗集。有诗作发表于各级报刊，入选过《中国最佳诗歌》《新世纪诗典》《当代传世诗歌三百首》等选本。现居广东。

谒贝多芬墓

白琴键上面长出绿草
黑琴键周围，开满橙黄的鲜花
我听见命运奏鸣曲
从墓地深处
响起
小贝坐在中间
风华的贝，老年失聪的贝
坐在中间
一块高耸的碑石
一架上帝赐予的琴
一个聋子
矫正了人类的听觉
多瑙河女神，在他的伴奏下
捡起地上的橄榄枝

雪 / 鹰 / 的 / 诗

雪鹰，安徽淮南人，诗人、作家、编辑。出版诗集三部，主编《长淮诗典》《安徽诗人》《70后中国汉诗年选》《江苏诗歌地理2018卷》《中国当代诗人100家》《中国当代诗人档案》等。

河边草

遥远，只是概念
是时空的面目全非
除了驴子，我已不记得
你的青味，你刚出生的样子
或许，压根未见

它啃过你。如同亲吻幼儿
你嫩嫩的摇在河边
为诗生成毛茸茸的意念

水依旧循环
从他到我，从我到你
三十年来，这片天地间
搬来运往

我能确定，这口水的味道
是你的，青青的
下了蛊的，草地气息

丫丫，本名陆燕姜，1980年生，广东潮州人。喜欢写诗，画兰。中国作家协会会员，广东省作家协会理事，广东文学院签约作家。参加《诗刊》社第三十四届青春诗会。已出版个人诗集《变奏》《骨瓷的暗语》《静物在舞蹈》《空日历》《世间的一切完美如谜》。

世间的一切完美如谜

黑夜和白天
阳光和雨滴
同时出现，相互占有
我信。
太阳爱着月亮
而她们拿着两把
锤子相互袭击
我信。
诗歌沉入河底
河水戴着镣铐
它们谁都救不了谁
我信。
一个盲人，寻找着邮筒
他要寄出的是一封
写给旧时代的无字书笺
我信。
火焰向上的爪子
扑不着天空的脸

她的孤独终将被风收割
我信。

我信。我信。我都相信
世间的一切完美如谜

哑石，1966年生，四川广安人，现居成都，供职于某高校经济数学学院。出版诗集《哑石诗选》《如诗》《火花旅馆》等。曾获第四届刘丽安诗歌奖（2007）、首届华文青年诗人奖（2003）、2016《星星》年度诗人奖等。

积诗草木腥

想象的柳条空气缝隙中垂钓出
银白小鱼，一闪。一条条
金属小棒，悬浮中吸附热情的磁粉——

虚空通电时刻，鸟潜水时刻，
火花把手放在你的手心里，
来，来，我们试着谈论一下热情：

有些动物可站着睡觉，就像你
耿直的热情，一眼可望穿；
有些微妙得多，如阿什贝利的诗句；

纳博科夫平素刻薄？其热情是
蝶翼上时间精细的小花样，
微风，暴露神美丽得恐怖的生殖器；

杜工部的热情众人恰切地指出
大枣、枸杞，他似乎想把
泥泞道中的每棵草，都养得壮壮的，

其实那不可能。扎加耶夫斯基
有本书叫《捍卫热情》，我读过。
鸟潜水，你把头放进正被斩首的波纹。

亚 / 楠 / 的 / 诗

亚楠，本名王亚楠。祖籍浙江。新疆作家协会副主席。已在《人民文学》《诗刊》《十月》《人民日报》《光明日报》等报刊发表作品一百五十余万字。多次获得全国诗歌、散文诗奖。

秋风辞

荻花开在风里。

北雁南飞，

就像一座城堡深秋的苍凉。

河水下降，

一些地方裸露着

呜咽

仿佛大地带给它太多苦难。

就握紧自己吧，

风已吹了许久。

此时此刻，

空阔与肃杀彼此交换

各自的忧伤。

胭脂茉莉，本名刘彦芹，江苏人，作家，诗人。诗歌被选入《中国诗歌》《诗选刊》《当代精美短诗百首赏析》《中国新诗百年精选》《诗歌月刊》《中国诗人阵线》《当代诗人代表作名录》《华语诗刊》《现代禅诗探索》《2015年禅意诗选本》《2016年禅意诗选本》《2017年禅意诗选本》等多种刊物，现代禅诗研究会会员。出版发行《摊开画布的人》《这独一无二的人间》等。代表作有现代禅诗系列、胭脂茉莉十四行诗、《真实的风景》系列等。

祖　国

从一杯水中升起——
那从白雾中抬起的头颅
这个优美的歌者
她的口中一次次呼喊出的名字
这所有事物最后的核心
让一尾逆流而上的鱼
终于从一滴水中
认识了河流的源头

胭/脂/小/马/的/诗

胭脂小马，陕西人，《中华文学》特邀副主编、新媒体总编辑，《东方佳人诗刊》特邀总编，数百首诗歌刊发于《星星》《世界日报》《诗林》《岁月》《中华文学》《人民日报·海外版》等海内外各官民刊，诗歌散文入选多个年卷并获年度影响人物各类奖项，著有诗集《凤图腾》。

当归

炊烟不起，马蹄不归
那就给我一亩田
我种当归

麻色的衣，绿色的风
陈年的雪，瓦无人修补
稻草人对着月光
看一只麻雀
掉在地上的影子

晨钟和暮鼓落在锄头上
它们讨论
新一轮的枯枝败叶
我两手空空
种当归

严 / 力 / 的 / 诗

严力，诗人、艺术家。1954年生于北京。1979年北京民间文学、艺术团体“今天”和“星星画会”成员。1985年留学纽约并于1987年在纽约创立《一行》诗刊。2009至2015年主持每年一次的北京中华世纪坛中秋国际诗歌会。2018年出任纽约“法拉盛诗歌节”主任委员，并出任纽约“海外华文作家笔会”会长。

这双眼

文学和江湖都证明它
直通心灵
所以我迷恋这双眼

我不需要
它们长在谁的脸上或
直通哪个有名有姓的心跳

我迷恋它们不断交融的谱系
秋波和窥视
毒素和维生素
从A到Z的撞击

我迷恋它只要眨动几滴泪花
就能代言五湖四海的动词
迷恋它的视觉可以到处悬挂风景
更迷恋内部的导航系统
和不打转弯灯的飞驰而过

迷恋它们微微地闭上之后

透出宇宙星光的两条直线

颜梅玖，笔名玉上烟。供职于宁波某报社。著有诗集《玉上烟诗选》《大海一再后退》以及诗合集《玻璃转门》。有作品被译介到日本、美国等国家。获人民文学诗歌奖和辽宁文学奖等奖项。

我乐于观看自然

我乐于观看自然
橡皮树椭圆形的叶片，浓绿肥厚
顶芽鲜红
有着饱满、自然的皮革质地
车前草的叶子呈螺旋形
这种神奇的排列，使每片叶子
都能得到充足的阳光
豆荚在一夜之间成熟
从啪啪开裂的欢愉声中，你会找到它的形状
田野里的稻子，信徒一样站立
它们有着黄金一样的信仰
果实是多么温顺啊
在阳光中不慌不忙着色，静静地
在枝头上长出自己甜美的样子
尽管它们不会久留
还有云朵
我们看见过它们全部的样子和色彩
还有星星，在夜空里温暖地开花
将我们带往最深的黎明

山和水，甚至尘土，都有自己的形状
我相信风，也有自己的形状
它古老、宽广，于隐秘处飞翔

雁 / 西 / 的 / 诗

雁西，本名尹英希，江西南康人，诗人、评论家、策展人，中国作家协会会员，现代青年杂志总编辑。出版个人诗集《时间的河流》《致爱神》《雁西情诗99首》《致大海》《神秘园》等九部。曾获中国首届诗国奖、中国首届长诗奖、加拿大婵娟诗歌奖、第四届中国当代诗歌奖、2016两岸诗会“桂冠诗人奖”，诗集《致大海》获2018年首届博鳌国际诗歌奖，诗集《神秘园》（中英文版）获罗马但丁诗歌奖。

每一朵玫瑰的死亡，都因为爱上了一个人

这个春天，卷曲在一朵玫瑰里
现在，我理解你，这些颜色和气味
散发蓬勃的气息，也散发死亡细胞
一切曾经有过的
从今天隐去了，在海的深处
一本日记写得清楚
完整地记录了时间，和成都上空的月色
音乐响起，你用钢琴打开了大海的琴键
像女神的，高高隆起的山丘
经书从天空飘了下来
一首什么样的诗，一个什么样的诗人？
不顾一切深陷了下去
大海就这样被草原埋葬了
在沙滩，又一次翻阅咱俩的碎片
而忘了，快忘了
花下的落叶，不，也是落叶下的花
我整夜失眠，玫瑰失眠了
大海失眠了，天空也失眠了

而你沉沉睡去了

这朵玫瑰，卷曲在另一个春天里

我懂了，每朵玫瑰的死亡，都因为

爱上了一个人

杨 / 碧 / 薇 / 的 / 诗

杨碧薇，云南昭通人。文学博士，北京大学艺术学博士后。中国作家协会会员，中国文艺评论家协会会员。著有诗集《诗摇滚》《坐在对面的爱情》，散文集《华服》。在《南方周末》《汉诗》开设批评专栏。曾获十月诗歌奖等奖项。

大花袄

量你神通广大，还能要什么指法
欲念的燕尾卷过所有的楼兰
该毁的毁，该塌的塌
该开花结果的浑身激灵，再忸怩两下
照样从土里挣出来
哭也是活，笑也是活
你又哭又笑，死活都是活
猴戏够没？快来看这件海外仙山大花袄
无领无袖，无身无形，简直为你量身定造
你胳膊肘一抬，腰肢儿一转
动哪哪舒展
哎呀血管发满了电直追长江黄河
筋骨酥晕在新装里
福禄寿喜文武双全这下子美飞啦
羽扇纶巾乱红滔天
宿醉后白眼胜过大青天

从此它金缕玉衣，算个什么玩意儿
你坐拥摩天大厦顶级看台

闲来无事，一缕清风拨两棍子箜篌

嗨你可别说，这天气随便骚动一下便是青春

这浮世光

这敞亮劲儿，这大花袄子

杨 / 见 / 的 / 诗

杨见，苗族，20世纪80年代开始写作。有诗集《火症》《三只雁飞过》《用骨头说话》《杨见长诗选》出版。

表　明

春天在轮回
春天并不是花开
是打印记忆的手
白云一样飘散
是朋友们失眠的夜
是漫无边际天空中的香
你们喜欢的那些春天
都在我肚子里解散花朵
都挤在围栏中
熬过严冬
蚁族排成长队
沿石板路转到池塘边
花朵散了
青虫被它们活捉
被生拉活扯带去地下室
这表明美好的食物
得从春天里来
到幽暗深处去
终要不知去向

杨庆祥，1980年生。诗人、批评家。中国人民大学教授、博士生导师、文学院副院长，兼任中国现代文学馆特邀研究员，中国作家协会诗歌委员会委员。出版思想随笔《80后，怎么办》，诗集《这些年，在人间》《我选择哭泣和爱你》，评论集《社会问题和文学想象》等。作品被翻译成英、日、韩等多种文字。

饮冰第十二

好了。谈判结束了。
南方有暴雨，北方雷鸣。
没有人把梦游的合同当真。

因为水波上的名字是假的。

所以我执着每个夜晚的归来盟约
消失过很多年——

在浮世的杯盏
没有什么比你看我的眼神更不朽了。

杨 / 如 / 风 / 的 / 诗

杨如风，1979年生，长阳人。散文《鄂西散记》系列入选大学语文教材，《金木水火土》组诗获国际诗歌朗诵节金奖，《西部的闪电》组诗登上中央电视台全国少儿春晚。现任湖北省文联今古传奇传媒集团公司执行总编辑，湖北省民宗委《民族大家庭》常务副社长、副总编辑，湖北省写作学会副会长。

月光下的查姆湖

此时
我们在岸上的样子
应该就是鱼在水里的样子
我们陌生鱼也陌生，我们熟悉鱼也熟悉
在陌生与熟悉之间
悲喜交集

有多少鱼像我们这样
云山苍苍，湖水泱泱
又此去一别，山高水长
你问，归期何期
我答，此鱼何鱼

杨献平，河北沙河人，生于1973年。作品见于《天涯》《中国作家》《人民文学》《山花》《花城》《诗刊》等刊。曾获第三届冰心散文奖单篇作品奖、全军优秀文艺作品奖、首届林语堂散文奖提名奖、在场主义散文奖、四川文学奖等数十项奖项。已出版《匈奴秘史》《梦想的边疆——隋唐五代时期的丝绸之路》《沙漠之书》《生死故乡》《沙漠里的细水微光》《历史的乡愁》及诗集《命中》等著作。中国作家协会会员。现居成都。供职于四川省作家协会《星星》诗刊。

对　面

不可能说爱。三幢楼房亮灯的阴影以下
清洁工人蹲在公交站牌背后
让人心疼。这时候最好的情感是慈悲
或者不容易。这么冷的，谁会凭空一杯热茶
酸奶也好。我在楼上
像个可恶的资本家。可背后是空的
不开灯的房间，在阴霾中的黑
超过午夜最核心的那一寸
还是对面好：一些人走过来
是为了走得更远。一些人凭空而来
是为了更近。想到这里，我喉头激动
这个世界绝不会让我孤单
你看那一树杏花，每一年都赶在桃花之前

杨/绣/丽/的/诗

杨绣丽，本名杨秀丽。上海崇明岛人。中国作家协会会员。中国报告文学学会青年创作委员会常务委员，上海市作家协会诗歌委员会副主任，上海诗词学会副会长，《上海作家》《上海诗人》杂志副主编。出版作品十几部。作品曾获第十五届中国人口文化奖文学类奖、首届“上海国际诗歌节”诗歌比赛一等奖、第七届徐迟报告文学奖提名奖。现供职于上海市作家协会创作联络室。

让雪回答

让雪，来得更厚一些吧
那时候，我们的房子
就会被寂静所唤醒
我们的道路就会被故乡所安慰

让雪，来得更厚一些吧
让阳光带着我的笑容，
扑到你的窗前
让雪松为了纯洁承受灰烬

让雪，来得更厚一些吧
让松鼠跑得更慢一些
让天空的面包师，
就在这里停留，停留到下一个世纪

那时候，我会沿着积雪走向你
走向幸福的归途
那时候，陪伴我们成长的树
还会刻着蝴蝶的名字

让雪，来得更厚一些吧
让雪回答浮世，它来自爱的原子
它是让大海变蓝的根源
它是让泉水心跳加速的火焰

杨 / 勇 / 的 / 诗

杨勇，“70后”诗人。从事诗歌、小说、文学批评创作活动。从20世纪90年代起有大量文学作品发表并获奖，著有诗集《变奏曲》《点灯》《日日新》，散文集《纸世界》等。

像海浪一样推论自己
——望海楼望海

晴天时，大海像一本正经，
蓝色封面不动声色，不起风就不能自我。

没放眼时可不这么想，我只在维持一滴水的想象，
维持望海时岛屿们的排比句式和偈语。

我希望大海动荡，希望碰到遍体鳞伤的石头，
希望天涯和海角再跑远一些，
　希望空旷量出心中猛虎。

我嘴唇翕动，误读大海的深度，又被海平面误读。
而鸥鸟骑在清流上，在我和白云间，已做出比较。

水手说：波浪推倒波浪，
　才有后面接踵而至的飓风，
如果能明白云烟，
　就能破壁狂澜和万劫不复的大海。

杨章池，1972年生于湖北松滋。中国作家协会会员、湖北省作家协会第七届委员会委员。著有诗集《失去的界限》《小镇来信》。入选湖北省宣传文化人才培养工程“七个一百”项目和湖北省文联优秀中青年人才库。现居荆州。

牛长岭之远

水田像镜子，春光四处晃荡
仅仅隔了一块油菜地，公鸡的啼鸣
就旷远得，像来自三十年前。
又像是自由得，把自由本身
都没放在心上。
做营养钵的农妇停下来擦汗，她向我们
望过来的一眼
湿润，开阔。
蜜蜂显然牵挂着别处
每一阵嗡嗡都带来瞌睡和
一所朗读的小学校：
但，一触及花蕊它就被弹开——
如此强大，那沉默的吸吮，那完全
不能信任的语言。
桃枝拂拭墓碑，动不动
就有神来之笔。
四月，华严寺的僧人云游未归
面对我们的一次次发问，七八尊

佛含笑不语，和蔼得
像久别的亲人。

叶延滨，当代诗人，现任中国作家协会诗歌委员会主任，中国作家协会全委会名誉委员。曾先后任《星星》《诗刊》主编。出版个人著作五十二部。作品被收录于国内外五百余种选集以及大学、中学课本。部分作品被译为英、法、俄、意、德、日、韩、罗马尼亚、波兰、马其顿等国文字。诗歌、散文、杂文先后获五十余种文学奖。

长满绿锈的剑

每一块锈斑，都在痒
痒痒地提醒玻璃柜中的剑
曾经吹毛立断的风流
无数剔骨挑筋的淋漓

剑老了，剑退出江湖了
剑想忘记这一切
容易啊，只要一块磨刀石
亦可再次回炉，让铁锤击打

荣幸啊，此剑被册封一级文物
那些痒死人的锈斑
是剑被风雨佩戴上的勋章
是剑不可磨灭的光荣

于是在众目睽睽之下
在透明的高贵的丝绒之上
那些发着绿光的锈斑
让剑永远地痒，痒死
也不可超度……

一/苇/渡/海/的/诗

一苇渡海，本名查耿，生于20世纪60年代，中国当代诗人、诗评家。80年代开始诗歌写作，新世纪兼写诗歌评论，发表近四十万字的作品，诗歌入选多个选本。著有诗论集《万籁诗话》，诗集《再见，诗歌史》。曾受邀编辑国际合作诗刊《诗东西》2013年度论坛年选（见《诗东西》九、十期合刊）。现居安徽望江及重庆两地。

守身简章

到了老年
远足已不是生涯

烂鞋帮模拟人格
没于泥泞，牢骚渐歇

戴上头套，人际账簿上
吹亮泛黄折页

安生，就是知晓立命的厉害
远离废人、毒舌

修边幅读报纸
哄螳螂躬身睡觉

紧追牛头入山是梅花开时
多出老派几多香囊

案几上花鸟费时看护自我
旁门吱呀　差点挤出性灵

伊甸，1953年10月出生于浙江海宁，在桐乡农村度过童年时代。种过田，当过工人，一生的大部分时间在教书。2015年从嘉兴学院退休。曾两次被学生推选为“心目中的好老师”。出版诗集《石头·剪子·布》《黑暗中的河流》《颤栗和祈祷》《承受》，散文集《疼痛和仰望》《别挡住我的太阳光》《明亮的事物》，小说集《铁罐》。

羞愧之诗

一首诗让你羞愧：你的身体发不出
它的光芒，它引领群鸟向天空飞翔
你用你的痛苦在大地上建造囚笼

一棵银杏树让你羞愧：它用绿和黄
布置各有魅力的风景，你是顽固的石头
压得泥土和季节透不过气来

一场雨让你羞愧：它从高空跳下来
拯救饥渴的田野和村庄，你是轻佻的蝴蝶
单薄的翅翼载不动爱，也载不动恨

一株稻穗让你羞愧：它谦卑地低下头
交出它成熟而芬芳的生命，你永远是
结不出果实的杂草，却从不忏悔

一个女人让你羞愧：她的青春
她的爱，是稀世珍宝
你拿什么偿还？你拿什么偿还？

伊 / 夫 / 的 / 诗

伊夫，诗人，作家。1968年生于温州。曾担任报社、电视台的编辑、记者、制片人。作品曾先后在《解放军文艺》《诗选刊》《星星》《诗刊》国内重要刊物及泰国《中华日报》专版发表，著有《生活空间》《天黑》等文学专著。2018年主编出版《中国诗人自选诗》一书。2017年荣获泰国文化部颁发的国际华文诗歌奖。系国际当代华文诗歌研究会研究员，浙江省作家协会会员，中国诗歌学会会员。

海洋之露

这不是一般的植物，它可以安神醒脑
在浮躁的尘世，犹如注入一股宁静、
　馨香的气息
我叫它“海洋之露”，
　如同叫唤自己爱人的名字那般亲热
它的根深埋在陆地，
　而灵魂却飘逸在海洋的上空

它是唇形植物，就像向日葵一样
向蔚蓝的天空给予天使之吻
从来以微笑掩饰内心的忧伤
这多么像你啊！亲爱的

你的忧伤在于一座古城的消失，
　随之找不到一爿可以哭泣的城墙，
　墙内与墙外是一样的境地
一盘阳光之物，逃不开黑夜的沉寂

时间煮雨啊，我们都只是地球上的一粒尘埃

在世俗的羁绊中，只想过上野鹤闲云的生活

唯有春光可以繁衍我们的善念，在进退之间
那就让春天自投罗网吧！

衣 / 米 / 一 / 的 / 诗

衣米一，湖北人。现居海南。诗歌作品发表于《十月》《诗刊》《汉诗》《星星》《青春》等文学期刊，曾获第二届中国独立诗歌奖等，著有诗集《无处安放》《衣米一诗歌100》。

余　晖

海面上全是夕阳的余晖
看起来，海边的游人
也全被玫瑰色的余晖所吸引
有的人用手指着夕阳
给另一个人看，有的人拿出手机
将这一刻拍下来
在海边，我总遇见那个
坐在轮椅上的年轻人
因为安静，活得像一株植物
看起来，他对余晖无动于衷
他的父亲来回推着他
因为平静，他的父亲
看起来格外温和，温暖，
仿佛余晖进入了他的身体

易杉，“60后”诗人，诗评人，出版多部诗集，《圭臬》诗刊主编。

稻草人

脚下的野草，每天说不完的新
不远处的枝丫上
披着黑色塑料布和头顶火焰的稻草人
像小时候误伤几只麻雀后
被老师罚站的样子
久坐田坎，我比慢慢围上来的夜色
矮好几厘米。可以肯定
在更高和更远的树上
黄昏的鸟巢，也有圣贤的胃
它们消化了此刻乡村
越来越少的悲悯
雨水说来就来
关于病痛和遗忘
你必须服从高或者矮的规定
这一天，不计报酬
在远处鸟鸣与体内菜花香之间
隔着一个朝向宽恕的稻草人
与稻草人在一起
就是与鸟鸣保持了适当的距离

殷/龙/龙/的/诗

殷龙龙，1962年生于北京。1981年开始写诗，有诗集出版。

酒年短诗4

谁在微信上转钱给我
谁去年寄我八罐绿茶
谁在敲门，把一座大山推进来
春天，心有恐惧
撒尿也困难
谁买了最烂的画
那画，我用的是丙烯，黑白两色
谁在我右臂抬不起来的时候
还让为他题写书名
十年前在荒岛沙地画下的SOS
十年后清晰可见
谁离我太近
眼睫毛，口水，身上的薄被
谁什么都知道，像电影
像你的寄货清单
一个地址下更多的麻木和希望
伴随余年

余怒，1966 年生，当代诗人，著有诗集《守夜人》《余怒短诗选》《余怒吴橘诗合集》《饥饿之年》《主与客》《蜗牛》和长篇小说《恍惚公园》。

所有事情

当你对所有事情做
全景式鸟瞰时你发现
绝望很重要它是标志。
绝望有浪漫的色彩对于
无所事事的人来说它能
放大数倍且不可控制。
看见两个人在风筝下吵架看见
三匹马排着队走在公路上看见一个
老人游泳一边打哈欠却没有沉没这
都是常见的事情。你不会被
它们伤害也不会马上忘掉它们。
绝望没有别的解释像一条
鱼早上来到纸袋里。

余 / 笑 / 忠 / 的 / 诗

余笑忠，1965年生于湖北省蕲春农家。1982年考入北京广播学院文艺编辑系。1986年大学毕业后供职于湖北人民广播电台。曾获“2003中国年度诗歌奖”、第三届“扬子江诗学奖·诗歌奖”、第十二届“十月文学奖·诗歌奖”、第五届“西部文学奖·诗歌奖”。著有诗集《余笑忠诗选》《接梦话》，与诗人亦来合作编选《有声诗歌三百首》。现供职于湖北广播电视台音乐广播部。

雨

每一场雨中，我看到的只是
雨的背影

它明亮的前额另有所属
我看到的只是拖泥带水
旋即进入大地的雨

我们在地上的日子何其短暂
每一场雨，都在为我们探路

那些被车灯照亮的雨
有着被惊醒的小兽的面容
而你，正是其中的一个

我所经历的每一场雨
是千万个不知深浅的你
一起赴汤蹈火

腊　八

俞强，1966年生，浙江慈溪人。中国作家协会会员。浙江省作家协会第八届委员会委员、诗创委成员。1985年开始文学创作。作品散见于《人民文学》《诗刊》《中国作家》《十月》《青年文学》《北京文学》《上海文学》《花城》等全国各级文学刊物。曾获首届“十月诗歌奖”等。出版诗集《大地之舷》《食指与拇指》《钟形岁月》《旧痕集》《杭州湾大滩涂》，散文诗集《画马》，散文集《滴水沧海》《俞强诗文集》等十余部。

虚无是一棵树的名字
坐在树下，那个人
感到了前所未有的空寂和充实
启明星因黑暗的广大而变得闪亮
无边无际的变幻和流逝
定格成一个瞬间
有形或无形的一切诱惑与颠覆
不过都是幻象
经历的或未相遇的
融汇成一个全新的世界
不再痛苦和寒冷
牧羊女已经走远，
天快亮了，世界的温暖
从一碗薄薄的乳粥开始：
心中的魔王波旬退去而另一个人醒来
那棵树开始叫菩提树
那个人开始叫佛陀

月/色/江/河/的/诗

月色江河，本名张晓林。当代诗人、文学评论家。1985年始发表作品，迄今已在海内外百余家报刊发表大量作品。著有文学评论集《淮安文学批评与研究》，诗集《迟到的玫瑰》《七星瓢虫》等三部。主编多种诗选。作品入选数十种诗歌、散文选本，部分作品被译成外文。曾获第六届“长江杯”江苏文学评论奖等奖项十余次。现居江苏淮安。

五支河

一条小青蛇
每到枯水季节
便会进入冬眠
当第一场春雨降临时
它便睁开惺忪的睡眼
夏季，小青蛇最活跃
时而游得很快时而游得很慢
有时因贪吃一顿暴雨
把那肚子撑得呀
又滚又圆
像个大西瓜一样
有时它还会游进我的梦中
咬醒我的乡愁
小青蛇虽然没有毒
第二天起床时
我发现自己的皮肤竟然红肿了

臧棣，1964年生在北京。毕业于北京大学中文系，北京大学文学博士，北京大学中国诗歌研究院研究员。现任教于北京大学中文系，出版诗集《燕园纪事》《宇宙是扁的》《空城计》《未名湖》《慧根丛书》《小挽歌丛书》《骑手和豆浆》《必要的天使》《最简单的人类动作入门》及《慧根丛书》（英文诗集）等。

最美的苗寨，或乌东简史

突然之间，你想高举手臂，
挥舞一个最彻底的同意——
假如世界上最美的苗寨
还差那么几票就要被选出。

这古老的冲动，并不担心
孩子气已醒目于人生的弱项；
它只想凸显一个完全的激动，
将人的见证卷入可爱的天真。

突然之间，仅凭抵达
你可以成就一个存在的理由——
因为并非每个地方，突兀的山梁
看上去都像抬头的螭龙。

一旦涉及风物，所有的淳朴
都可能因我们还不够深入
而形成一种假象；但在此处，
吊脚楼独好炊烟已胜过

无为的袅袅。更风景的，
雷公山雄浑一个仙境，你用手心
捧起的溪水会继续潺潺我们身体里，
灵魂已开始大起大落。

早布布，本名夏早，湖北武汉人。作品散见于《诗刊》《诗选刊》《天津文学》《中国诗人》《海华都市报》（美国）等海内外报纸杂志与中国作家网等网络平台，作品入选《2020中国新诗日历》等选本。获《中国诗人》2018—2019年度诗人提名奖等。参与编辑出版诗集多部，其中《中国民间短诗精选》收中国现代文学馆。已出版诗歌合集一部，个人诗集《磨砖作镜》即将出版。

嗡嗡嗡

第一次，我像一只爱着的蜜蜂那样
观察了路边的村庄
天气好得我想大声嗡嗡嗡
但我不知道爱谁
留种的茄子有明艳的黄衣与老人的眼睛
朝天椒是初生不怕虎的后生
眉豆暗藏少女的怀春与香气

谢谢喜鹊，突如其来叼来绵软的云朵
就这样洁白铺满棉田
南瓜，穿了件村长的黄马褂，
立在村口也是口大钟
枣树的铃铛哗哗作响
告诉远方，村里的青红皂白

这些斑驳的味道有些恍惚
当我飞得更远，更难离开，继续飞翔
我想让秋天
和正午村庄的一部分迷路

让我有继续热爱
这人间潮湿的心

张德明，笔名秋水散人，浙江绍兴人，原浙江大学世界文学与比较文学研究所教授、博士生导师，出版学术著作和译著多部。业余从事文学和艺术创作，在《诗刊》《星星》《江南诗》等文学期刊上发表诗作多种，出版诗集《打水漂》、散文随笔集《蒙田的猫》、水彩画册《一千零一小时十——秋水散人写生画集》等。

你永远无法企及蓝

蓝总是离你很远很远
山蓝。未入山时
你觉得蓝的山就在你面前
进山后，你看到的只有树、石、路，
一些野草，它们都不蓝
水蓝。你掬起一捧水
晶莹透明，无色无形
蓝的湖水，无非是天的倒影
天蓝。你穿过云层
进入蓝天，蓝在你的上下左右闪
你永远抓不住蓝
宇航员说，太空一片幽暗
莫非，蓝是灵魂的颜色
随物而变
你蓝它也蓝，你暗它也暗
莫非，浅薄的灵魂才蓝
深邃的灵魂，一片幽暗
噢，这懊人的，变幻不停的，

永远无法企及的
蓝或幽暗

张德强，浙江绍兴人。浙江文艺出版社编审。1982年毕业于杭州大学。中国作家协会会员，浙江省作家协会第七届全委会委员，省作家协会诗歌创委会原主任。著有诗集《密密的小树林》《美丽的年龄》《飘柔的情思》《心是敏感的风铃》《时间的姿势》《心灵瑜伽》《与时间拔河》《灵魂不长皱纹》等十余部。诗集多次荣获浙江省优秀文学作品奖，有百余篇作品入选多种诗歌选集。

水乡梦寻

青石板上的脚步
踏着灵魂慢生活的节拍归来
使屋檐水滴成了一串珍珠
可惜声音过于陈旧
就像红木桌椅
被乡愁折磨得沉默无语

村镇公路水泥开裂了
车前草从缝隙中探出脑袋
寻觅童年的玻璃弹
石塝纤道束不住湖水的宽腰
鱼虾被囚禁于网箱内
青苔在暗自啜泣

鲁镇牌坊下
几页乌毡帽回忆录任凭轻风翻卷
乌篷船的划桨
仍在旅游景区拨清波
岸上空酒坛垒成了金字塔

残留着咸亨醇香
哪个河埠头还能窥见
石拱桥的倒影被淘米箩兜起

一颗在水乡潜泳的螺蛳
固执地朝着情感活水的源头蠕动

张洁，女，襄阳人。出版诗集《草上的月亮》等。鲁迅文学院第三十一届高研班学员。

今之我

我的枝条翻飞。
我的香味从炒锅炝出。
我越过墙垣。
我蓝。我白。我明亮。
我爱了又爱。
风若问我。火若烤我。
我一言不答。
火有舌。风有口。
我无言。无语。无声音。
使日头落尽。
以便西山如古墓——
我，被晓谕。

张况，著名诗人、文学评论家，1971年生于广东五华。当代新古典主义历史文化诗歌写作的重要代表之一，现为中国作家协会会员、中国诗歌学会理事、广东省作家协会主席团成员、佛山市作家协会主席。出版《大秦帝国史诗》《大汉帝国史诗》《三国史诗》《大晋帝国史诗》《大隋帝国史诗》《大唐帝国史诗》等诗集、文学著作三十一部，主编诗文选三十部，获2018年度十佳华语诗人奖。与陆健、程维、雁西并称为“中国诗坛四公子”。现居广东佛山。

光福赏梅

瑞雪未霁，梅蕊就迫不及待粉墨登场
无数枝梅，争先恐后挥动水袖里的香
将漫天舞蹈的冷，一步步逼入绝境
所有的香，敛迹于海的深邃
便有了香雪海一世的风光

啊！香雪如海，海阔天空
空即是色，而色绝不能空
在香雪海赏梅，所有的涛声都注定
要被尘世的芬芳勾引、逐一打压
最后拜倒于梅的裙下

太湖是缩小版的海，所有的梅
捧起香雪海，信手一挥
就是千年不灭的瑞气天光

毫无疑问，光福是一个自成体系的香艳之海
光福的光芒如此盛大，
　那照耀在大地上的暖阳

如旷世之弓，拉开一个半岛弧形的圆满
它随便搭上哪一枝春讯
都是射向彼岸的一箭吉祥

张 / 敏 / 华 / 的 / 诗

张敏华，1963年生，浙江嘉兴人，中国作家协会会员。在《人民文学》《诗刊》《十月》《上海文学》《作家》《北京文学》《星星》《草堂》《汉诗》等一百多家刊物发表诗歌。著有诗集《最后的禅意》《反刍》《风也会融化》。现居浙江嘉善。

海边墓园

沿着东海岸，锯齿形的岛屿
尾随沙滩、礁石和灌木林。
地平线随着潮水起伏，
恹恹棕树林后，墓地隐约于世。

草木幽冥，生死之惑再次
顺着根须嵌进姓氏……
潮声留下余音，迷魂的墓园
经得起风雨，经不起相逢。

只能停留片刻，只能
在斑驳的树影里点燃光阴。
夜晚降临，退潮——
天和地都露出破绽。

张 / 乾 / 东 / 的 / 诗

张乾东，重庆巫山人，1981年生。重庆市作家协会会员，中国诗歌学会会员。在《世界华人周刊》《红岩》《中国诗歌》《中国诗词》《中国文艺》《中国文学》《诗刊》《诗潮》《诗选刊》《诗歌月刊》《阳光》《安徽文学》《人民日报·海外版》《浙江日报》等海内外上百家报刊发表作品。

安　分

他总感觉背后有一双手
在向他悄悄伸过来

他站在时间的记忆里
像一个乞丐那般无辜

“虚构出一个自己，
就觉得自己比较真实了。”

“那个真实的我，
他去了哪里?”

他一脚踩住地上影子微张的嘴
就像踩住了躁动不安的命运

张／巧／慧／的／诗

张巧慧，1978年生，中国作家协会会员，浙江慈溪人。参加《诗刊》社第三十届青春诗会、鲁迅文学院第三十一届中青年作家高研班、第八次全国青年作家创作会。获2015年度华文青年诗人奖、於梨华青年文学奖、储吉旺文学奖、三毛散文奖，入选“新锐女诗人二十家”。出版作品五部。作品见于《人民文学》《诗刊》等几十种文学刊物及年度选本。

青鸾舞镜

我曾拓过一枚汉镜，浮雕与铭字
已残缺

——那只青鸾去了哪里?

愈来愈偏爱这些无用之物，聊以打发时光
打发平滑的镜面般的生活

——是谁的镜像?

镜中妇人面容模糊
但孤独
那么清晰

穿白衬衣的女孩在自拍
她尚未意识到
青春是一种资本
也未曾听过青鸾舞镜

张守刚，重庆云阳人，生于20世纪70年代。重庆市作家协会会员，中国诗歌学会会员。在《人民文学》《诗刊》《扬子江诗刊》《诗选刊》《诗潮》《诗歌月刊》《作品》《四川文学》等国内外报刊发表诗歌一千余篇。有作品入选《现代诗三百首笺注》、《朦胧诗二十五年》、《中国年度最佳诗歌》（连续七年，辽宁版）、《中国新诗年鉴》、《中国地学诗歌双年选》等几十种重要选本。另有诗作入选高中语文教材。出版诗集《工卡上的日历》《徘徊在城市和乡村之间》《60首诗·张守刚卷》等。

羊拴在一棵树下

除了草木和它的声音
整个山间看不见鲜活的事物
拴着羊的那棵树
是幸福的
它可以近距离地打量
羊反刍的节奏
以及它眼神里的温柔

羊的呼喊声越来越小
让山间的石头
都低下了头颅
相比石头的沉默
这只羊的行为
过于夸张

张 / 曙 / 光 / 的 / 诗

张曙光，1956年生于黑龙江省望奎县。在大学时开始写诗。著有诗集《小丑的花格外衣》《午后的降雪》《张曙光诗歌》《闹鬼的房子》《看电影及其他》，译诗集《神曲》《切·米沃什诗选》，评论随笔集《堂·吉诃德的幽灵》等。曾获首届刘丽安诗歌奖、“诗歌与人·诗人奖”及“诗建设”诗歌奖主奖。

纳博科夫的蝴蝶

纳博科夫喜爱蝴蝶。他捕捉
并杀死它们。他把它们做成标本
钉在纸板上。这是否在告诉我们
爱是一件残忍的事情？早餐过后
我清洗着碗筷。大海在远处发蓝。
它沉默。我听不到它的声音。也许太远了。
我听到的只是自来水管发出的哗哗声。
我喜爱海。但我无法捕捉
并杀死它。我无法把它做成标本
钉在纸板上。爱有不同的方式。
美也是这样。大海在远处。发蓝
并沉默。我知道它仍然活着。
它沉默着。但我知道它愤怒时的样子。

张伟锋，中国作家协会会员、鲁迅文学院第三十七届中青年作家高研班学员，有作品在《人民文学》《诗刊》《民族文学》等刊物发表，著有诗集《风吹过原野》《迁徙之辞》《山水引》。曾参加《人民文学》第二届“新浪潮”诗会，荣获第三届中国“刘伯温诗歌奖”。

孤　岛

天空在上面，汪洋的海水
扬起洁白而有力度的浪花。这里曾经有人烟
一直等待着救赎。而现在
这里空空荡荡，只有深色的礁石
把身体交给海洋。我在一次远途跋涉中
意外地抵达此地。孤岛上有人烟的余温
有热切的渴望，也有无从收集的失落

我坐在礁石上，我想象着，有阳光时
大海的颜色。我想象着，一个人被困此地时
很多人此生无法理解的心情。
　有人在附近的船上呼唤
示意我，我所处的，是危险的境地
我需要尽快离开。而这种叛逆的上岸
是多么切合我的心意，我愿这样固执和坚决
在有限的余生

张/晓/雪/的/诗

张晓雪，笔名晓雪。诗人，职业编辑。中国作家协会会员。现任河南省诗歌学会副会长，《莽原》杂志副总编、编审。著有诗集《醒来》《落羽》《画布上的玉米地》，评论集《编辑与发现》。曾在《诗刊》《星星》《十月》《作品》《江南诗》《上海诗人》《诗选刊》等海内外文学杂志发表诗歌文学评论数百首（篇）。并以英、法、日、韩等多种语种入选海内外多种文学选本。曾获第二十五届全国鲁藜诗歌奖、攀枝花全球征文诗歌大奖、“巩义”杜甫国际诗歌征文大赛一等奖、第二十八届全国鲁藜诗歌奖。

恋 情

天鹅。
脖颈缠绕的两只，是为了
允许爱拧出低微的叙事
和整段的爱情。

迎风飞过的两只，
是自然爱上的。不分贫贱的
还是富贵的。

是触碰到情人羽翼下的体温
掩面而泣的。

当一个又一个绝尘之爱
碎纸一样纷纷扬扬，
天鹅起舞，流水变暗。

一切不安的日子

不可能摇动它们的心。

一对，两对，三对……

它们遵循相爱的牢固，而不是

从未有过的契约。

张 / 新 / 泉 / 的 / 诗

张新泉，1941年生，四川富顺人，居成都。曾供职出版社、《星星》诗刊。成都文学院特邀作家。获首届鲁迅文学奖。著有《野水》《人生在世》《好刀》等。诗集《事到如今》入选小众书坊“中国好诗·第四季”。

自画像

已是资深老年
却迟迟未能痴呆
看乌鸦，照样黑
观侏儒，依旧矮

大夫说，脑正萎缩中
比桃子小，比草莓帅
如果缩得快些
有指望傻了吧唧
每天到股市去
念自己的两句诗：
桃花才骨朵
人心已乱开……

造物说，这号人只要呆了
就注定痴性不改
造物还说
能这样，就算乖

张烨，上海大学教授，中国作家协会会员，曾任上海市作家协会诗歌专业委员会主任，上海市作家协会多届理事。已出版个人诗集六部（其中《鬼男》由爱尔兰脚印出版社以英语、爱尔兰语、汉语三种语言出版）及散文集一部。部分作品被译成英、法、日、罗马尼亚等多国文字，入选三百余部诗歌选集与多种文学性辞典，约有五十篇评论其诗歌的专题论文。

龙窑边的古榕

宿命感从一棵树的内部
弥散，冰镇过来
巨树如猛兽
利爪紧攫窑壁一寸寸攀爬
砖窑运行着拙重的熨斗
将一棵树的躯体烙成猪肝色
像大片岩浆黏附在山崖

烧窑师傅说，只有历尽千年烘烤
才能活成一棵神榕
乍见时，我曾想
与其受难一生
不如自绝一瞬
我为刹那的念头愧疚

无暇回想过去
不及思虑未来
专注当下，以顽强的潜能
去无畏，去从容，去专横跋扈

以命抵押逆境

一棵树读得我热泪盈眶

张远伦，苗族，1976年生于重庆彭水。著有诗集《那卡》《逆风歌》等。获过人民文学奖、《诗刊》陈子昂青年诗歌奖、重庆市文学奖等。参加《诗刊》社第三十二届青春诗会。

柳街镇的下午

午后，这里有一个安静的中国
多种方言在发声
来自东北的长者，过一会
他就会飞向我最长的对角线
在四川的小镇上
一个林盘盛下了我们
当然，也被一只猫眼装下了
倾听洁身自好这个词
我身体上生出簇新的感觉
像那只蛰伏已久的黑蝉
被向上的老竹又拔了一节
当我静默下来，听见墙上的流水
滴进旧日农家的猪槽
叮咚，像一个无形的乐疗师
我们低头凝听
这声线和光线的结晶体
良久，恍如两滴水
各自获取了自己隐秘的光圈

张／作／梗／的／诗

张作梗，祖籍湖北，现居扬州。20世纪80年代中后期开始文学创作。主要以诗歌为主，兼及随笔、文学评论的写作。作品散见于国内各大报刊。有诗入选多种选本，部分作品被译介海外。获《诗刊》2012年度诗歌奖、首届反克诗歌奖。曾参加《诗刊》社第二十四届青春诗会，散文诗杂志社第十六届全国散文诗笔会。

蝴　蝶

很快，通过移动匿藏于册页中的书签，
他用意念捕住了一只蝴蝶；
灰褐的，连襟般的翅膀，
轻微扇动，就能扑灭光阴和岩石。

“几乎就是一扇窗户。”当他把蝴蝶从意识
之网中倒出，他幻想它带着自己的光影，
仍在大地上飞行。而千百年来，
人们正是通过这同一扇窗户，
反复看到了世界的美。

“刨花般的纹理，毁灭之美。”他再次把
蝴蝶安装在一场飓风中。“对抗的
本质在于消解。”蝴蝶带着涡流般的气息，
冲撞着他的神经，有一刻，
他几乎感觉手中的蝴蝶有失控的危险。

但很快，当他合上册页，
蝴蝶逆着时光，飞进了书中。

他起身走到户外，一只灰褐色的蝴蝶像
风一样落下来，静谧地，
停歇在微微晃动的栗树花枝上。

赵 / 目 / 珍 / 的 / 诗

赵目珍，1981年生，山东郓城人。毕业于华中师范大学中文系。文学博士，副教授。北京大学中文系访问学者。诗人、批评家。著有诗集《外物》《假寐者》，散文诗集《无限颂》等。曾参加第十七届“全国散文诗笔会”，获第五届“海子诗歌奖”提名奖等奖项。现居深圳。

如其所是

沉入午睡时刻。聆听万物孤寂的呼吸
从林中之路，我逐渐获得了鼓动的礼物
然后与影子一起撤入水中

这迷人且可以遇见风的前夜
如其所是，如其最本来的样子
猎人和他的对手，走过山间，
　没有一句多余的话

我从来都不信奉狡猾的智慧
我相信，关于存在以及与存在有关的一切
皆有微神照耀
无论内在的野性，还是外在的奇境
一切掩饰，悉数摘除

赵晴，翻译家、旅日诗人。出生于北京，现侨居日本名古屋市。海外华文女作家协会会员、日中翻译家协会会员、日本中国语学会会员、日中诗词协会理事、香港先锋诗歌协会会员。主要出版物有：译著《世界帝国的往事：大元王朝与耶律楚材》《随缘护花》，校译《近代都市公园史——欧化的源流》，个人诗集《你和我——赵晴诗选》等。

秋

坐在船里让自己藏在波光之外
船檐投下了一道懒散的影子
把我包裹其中
船夫唱着小曲儿
独特的调子又似曾相识
高亢的，却苍凉
声声叫人隐隐作痛

岸上的红枫当真似火
我只凝神对着它看
入定般地沉默
心中却跟着那小曲儿唱

略有微风，竟吹落了几片红叶
落在水上点点，倒是更添了风情

船上的掌声、喝彩声、欢呼声、
抽泣声越来越响
小曲儿听不太清了

只钻到我心里咿咿呀呀地唱

我望着船外沉默不作声
你怎么知道
我不作声
就是真的无动于衷……

赵思运，山东郓城人，现居杭州。浙江传媒学院文学院教授，茅盾研究中心主任，茅盾研究系列年鉴主编。出版诗集《一本正经》等，学术著作《百年汉诗史案研究》《中国大陆当代汉诗的文化镜像》《何其芳人格解码》等。

小谣曲

六百岁的老榕树
头发是碧绿的

颓圮的废墟上
白头芦荻的内心是碧绿的

千年流水
一直蓊蓊郁郁地绿着

天是圆润的
地是方正的

一群人走进来
是考古学家

一群人走出去
就变成了诗人

云水谣里浸一下
就再也褪不掉春天的颜色

赵四，诗人、译者、诗学学者、编辑、文学博士、博士后。是多种诗歌著作的作者、译者，其中包括《消失，记忆》（诗集），托马斯·萨拉蒙大型翻译诗集两种，《门槛沙：埃德蒙·雅贝斯诗全集》（合译）等。其诗作被译为十六种语言出版，其斯洛伐克语翻译诗集《出离与返归》是斯语中第一本中国当代诗人诗选。应邀参加全球多地国际诗歌节、文学节。在《诗刊》供职，任著名诗歌翻译书系《当代国际诗坛》执行主编。2007年始，加入欧洲诗歌暨文艺荷马奖章评委会，任副主席。

五月十九日北京街头的风

夏天在起点处以一场令苍穹搬家的风
清走了世间的迷离之网
挣脱了的树叶、花朵、
　天空之蓝不厌其烦
一片片清点各自得到的满身清明，
　数了又数
令对它们爱不释手的风北向回首
立誓改变它们的堪堪姿容
使之再无呆立，也不颤抖，一律化为
爱之誓言的锵锵风镖，于是
五月十九日的北京街头，
　唯一世界降临
满目绿色梭标，花红旋片，
　雪亮云朵，皆饰银边
向刚刚离去的寂寂春季
亮出盛季力量的第一手牌阵
天空目瞪口呆，
　看着这场爱的街头情景剧
满面羞赧，蓝得像新世纪的开端。

直至晚间停歇仍间有风吹，最后
一个隐喻来到：当我身体的牢笼打开，
一只蓝色小兽倏尔钻入，粉红的
趾爪间扯着一段银光闪闪的流云

征 / 帆 / 的 / 诗

征帆，作家、诗人，中国作家协会会员、中国诗歌学会会员、上海市浦东新区作家协会副主席、上海《浦东诗人》诗刊主编。已出版诗集《人性的呼唤》《人性的爱魂》《人性的笛音》《征帆诗选》《点亮飞雪的光芒》《荒芜的吊影》，散文集《成功之梦》《征帆文选》，长篇小说《燃烧的生命》《弱势群体》等。

与水有关的话题

以水影子掀开了人的影子
水原本没有渡　却飞渡了众生

水的话题是一张绝命天书
剑刻了载舟和覆舟两个不老的咒语

美人鱼仅仅是一部安徒生童话
水与水堆叠会荒芜上苍……

一个亘古的隐秘是从死亡中诞生
舔卷余烬　水依然淫魂……

水在人间隐身、绝响
魑魅才不敢亡命魂涯

法喜归宗　诸相合掌
祭台才永恒高蹈水的是非曲直……

周孟贤，中国作家协会会员，中国民族艺术家协会副会长，湖州市作家协会原副主席、秘书长。先后在《诗刊》《中国作家》《文艺报》等多家报刊发表抒情长诗三十余首（部），并以抒情长诗饮誉诗坛。代表作有《大鸟引我溯长江》等。已出版《周孟贤抒情长诗选》等八部，被誉为忧患诗人。

面对红薯问自己

在绿油油的薯叶下
在黑黝黝的泥土中
千万个红薯兄弟
挤在一起抱成一团

对于泥土上面的世界
兄弟们恪守生活准则——
永远不声不响
永远不言不语
只是在泥土中感受
或者小心揣度……

世世代代的兄弟
养成亘古不变的习惯——
在土下倾听风声雨声
倾听虫鸣和鸟的啁啾声
在地宫完成内敛
在冷独中只管静养……

我虔诚地面对红薯

呆呆地叩问自己——

我能长得结结实实吗?

我能保持敦厚和腼腆吗?

我能入群又慎独吗?

周鹏程，中国作家协会会员，中国诗歌学会会员，重庆新诗学会副会长，《三峡诗刊》主编。曾获重庆晚报文学奖、重庆市“五个一工程”奖。

元旦时刻

此时，我醒来
日历被一双巨手翻过最后一页
也许，是翻过一世繁华

有什么功绩可言?！简介里年龄长了一岁
这是我唯一的骄傲

唯一的骄傲是
满街张灯结彩，我和这城市共享一地月光
坐在无数鲜花和掌声里
聆听时光精彩的演讲，真好

假如有一天我们错过的一切回来了
假如，我们还将失去更多
记忆的花朵一定开在元旦时刻
一个人站在桥上，屹立于广场
仰望星空，翘首远方，真好
万物告诉我
青春从这里消失，明天从这里升起

元旦时刻

我唯一可以做的
就是在体内修一座教堂
不停地为自己敲钟

周庆荣，笔名老风。1963年出生于苏北响水。1984年开始诗歌写作，出版散文诗集《爱是一棵月亮树》（1990）、《飞不走的蝴蝶》（1992）、《爱是一棵月亮树》（合集，2000）、《风景般的岁月》（2004）、《周庆荣散文诗选》（2006）、《我们》（中英文典藏版，2010）、《有理想的人》（2011）、《预言》（2014）、《有远方的人》（2014）、《有温度的人》（2017）。中国作家协会会员。获2014年度《诗潮》诗歌金奖、2015年《芳草》第四届汉语诗歌双年奖、2016年《星星》第二届散文诗大奖、第二届“刘章诗歌奖”、第七届“冰心散文奖”等。

怀念海绵

生冷如铁钉一样的东西
含铁的细屑
日子久了注定会生锈的材料
经过简单的整理就会变得锋利的工具
吸铁石的身体就这样地臃肿起来

我怀念经验中的一块海绵
吸纳水、空气尤其是
生活中温柔的那部分
遭遇压力的时候
它可以全部吐出
像弱者那样吐出苦水
然后一切恢复如初

吸铁石一样的男人
在深夜为了一块海绵在叹息

周瑟瑟，著有诗集《暴雨将至》《世界尽头》《犀牛》《向杜甫致敬》（多语种）等，诗歌评论集《中国诗歌田野调查》，长篇小说《暧昧大街》《中关村的乌鸦》等二十多部。

氧　气

树木直插云霄
氧气有树的形状
氧气有树的沉默
我在树林里徘徊
寻找更多的氧气
想起母亲临终前
戴着氧气面罩的样子
她渴望氧气
她的呼吸微弱
在窒息中
坚持最后的生命
一棵树养活一个人
一个氧气面罩后
有一个挣扎的母亲

周渔，1973年生于四川仁寿，“东坡故里”诗人。毕业于西北大学新闻系。在校期间曾自费创办《表达》诗报六期，推出1997中国现代诗歌理论大展（上、下）。从事媒体编采十七年，主编，眉山市第二届政协委员、名评论员，2013年辞职从商。现为仁寿县作家协会副主席，“中国力量诗歌联盟”会长。

赤 壁

我不出手，谁配与曹操煮酒
和周郎千古风流
要等百万大军起雾
借风，击掌为号
月色上头，特别温柔
坐条破船，也能借箭
好像回到东汉末年
浪花劈头盖脸
斟酒，唱歌，面朝赤壁
如果非要逼我
出手，在坚硬的石头上动刀
刻雷，泼雨，放火
我何尝不想天时地利
念出一句风来，雨去
天当酒壶江作碗，能饮一杯无

茱／萸／的／诗

茱萸，生于1987年。诗人，青年批评家，哲学博士，兼事随笔写作。现任教于苏州大学文学院。出版诗集及随笔集《花神引》《炉端谐律》《仪式的焦唇》《浆果与流转之诗》等多部。曾获美国亨利·鲁斯基金会创作奖金、全国青年作家年度表现奖、紫金山文学奖、叶圣陶文学奖之文学评论奖等奖项。

幽　素

旧日之雨滴落在屋檐，溅起
新的烛花——即使它早已
为台灯的光晕所取代。
被子统治冬天最后的时辰，
借助于羽绒、羊毛或蚕丝，
如春天到来前后的薄薄烟絮
象征着暖晴或鲜甜的菜蔬。
寒雾笼罩花丛，褐枝稀疏如
老者的乌发，梅蕊之红却
分摊到了青年的朱唇。
你偏爱现代的机巧胜过古人
的幽情素心，他们的笨拙
织进了绸制的宜春燕，
而我们以不合时宜为傲，
以偏爱为性情的标志。
如今的气候不同以往：
纤指破开冰面，里头或许
没有期待中的春水涌动。
典故立的规矩更可能遭遇

联想的强暴：吴盐胜雪，
佐餐的却是一枚苦柑。
你在镜中目睹往来的路途，
路途中覆盖的茫茫霜雪，
消不尽的寒意和万古愁，
要融于落英和永恒的春酒。

庄 / 凌 / 的 / 诗

庄凌，戏剧影视学硕士，在《人民文学》《诗刊》《中国作家》等发表组诗。参加《诗刊》社第三十三届青春诗会。获 2016《扬子江诗刊》年度青年诗人奖、第二届中国青年诗人奖、第五届“包商杯”全国高校征文大赛诗歌一等奖、首届华语青年作家奖等。出版诗集《本色》。

看　天

闲暇时我会抬头看天
不知神明能保佑我们什么
低处的卑微
都被无边的蔚蓝宽容

我喜欢白云自由飘荡
哪里都是家
而人间到处是笼子

晴空万里呀
内心也空无一物

左 / 岸 / 的 / 诗

左岸，本名杨庭安。作品散见于《人民文学》《人民日报》《诗刊》《诗选刊》《诗歌月刊》《星星》《作品》《四川文学》《诗潮》《鸭绿江》等。出版诗集《一只晴朗的苹果》《灵魂21克》，主编《中国现代短诗鉴赏》。曾荣获“中国当代诗歌奖·创作奖”（2011—2012）。现居大连。

白桦树传说

高寒地带的擎烛者
一生没说过一句话
站着去爱一切
告诉小鸟绿色的秘密在哪里
无限享受野猪蹭树的快乐时光

一位诗人扶着它的躯干
留下诗句
“永远不会融化的雪”
之后与枯叶相伴长眠
一位姑娘追逐一群蝴蝶
丢掉了青春的目光
一位画家浓烈的视线
在铁皮屋的灯光中停下时
炊烟正年轻

这一切，都让白桦树默默收集
我发现它的树身
布满了黑色的眼睛

或忧郁或明亮或善良
有风过后的安静
针线穿过红日的美

宗 / 小 / 白 / 的 / 诗

宗小白，本名凌芝，1977年生，江苏镇江人，从事期刊编辑工作。获中国诗歌流派网诗歌周刊2017年度诗人、第五届（2016年）中国好诗榜上榜诗人、诗探索·第八届红高粱诗歌奖提名奖、“挚爱：星火暖诗100首”首奖五星好诗奖等。

山中独坐

有那么一瞬
你突然双目放空，陷入
恍惚
没有人逼你。
没有人为你铺盖而来
又席卷而去。
没有人为你跨马、挽弓，回首
一箭射穿西坠的日头。
没有人在幽谷，燃烧堆叶
待你。
没有人借深重的夜色
祭明月以缭绕不散的笛音。
没有人在该饮酒的时候
饮酒，
该落泪的时候落泪。
没有人将一树蝉声染碧
递到你眼中。

没有人。

你只是恍惚了一下而已
在那样的一瞬。